刘小敏 选注 崔岩 讲解

智囊

半日闲

岳麓書社·长沙

图书在版编目(CIP)数据

智囊/(明)冯梦龙著;刘小敏选注.—长沙:岳麓书社,2020.4

ISBN 978-7-5538-1135-2

Ⅰ.①智…　Ⅱ.①冯…②刘…　Ⅲ.①笔记小说—中国—明代
②《智囊》—注释　Ⅳ.①I242.1

中国版本图书馆 CIP 数据核字(2019)第 097035 号

ZHINANG

智囊

作　　者:[明]冯梦龙

选　　注:刘小敏

责任编辑:曾　倩

责任校对:舒　舍

封面设计:山和水工作室

岳麓书社出版发行

地址:湖南省长沙市爱民路 47 号

直销电话:0731-88804152　0731-88885616

邮编:410006

2020 年 4 月第 1 版第 1 次印刷

开本:850mm×1168mm　1/32

印张:8

字数:180 千字

ISBN 978-7-5538-1135-2

定价:32.00 元

承印:长沙鸿发印务实业有限公司

如有印装质量问题,请与本社印务部联系

电话:0731-88884129

以下为本书讲解音频二维码，在正式阅读本书前，可扫描二维码获取讲解音频，以对全书内容有大致了解，使阅读过程更为顺畅。

1. 聪明人的故事

2. 畅销书作家冯梦龙

3. 治国理政的大智慧

4. 当机立断的智慧

5. 怎么说的智慧

6. 决胜疆场的智慧

7. 灵机一动的小智慧

使用说明

如果您闲来无事，在书店中凑巧拿起这本书，习惯性地翻开前言，在合上放下与再看一会儿两可之间，那么，我真诚地邀请您起码将这篇使用说明读完。相信我，天底下没那么多凑巧的事，冥冥中的缘分，其实有迹可循。

我猜您首先是被封面上“智囊”两个字吸引，暗自希望从书里得到些走出人生迷茫、生活苦恼、职场困境的启发，如此看来，您在读书这件事上，是个实用主义者。乍听起来，用实用主义的态度来读书似乎很不可取，起码姿态上不够高蹈，好像不太好意思大声地、面不改色心不跳地说出口，然而“什么都不为”地打开一本书，实际上细思极恐，那无非是消磨时间的粉饰，是空虚而非充实。假如能从幽冥中起死，面对这样的读者，《智囊》的编著者，明朝人冯梦龙——如果他脾气不好的话——甚至可能会愤而从其手中将书夺走，一通詈骂：我的书不是给你这样的人读的！我编《智囊》是为了让人变得聪明，你这样的朽木已经不可雕琢，放下我的书，我要把它送给这位眼神中透出渴望的人，他才是我的读者！

冯梦龙当然不能起死，这只是我开的一个笨拙的玩笑，但是如果您仔细翻看《智囊》的目录，会发现这个玩笑并非没有基础。冯梦龙上穷碧落下黄泉，从各种前人著作中寻章摘句，整理出体现某方面智慧的段落，将这些段落分门别类地加上标签，什么上智、胆智、术智、兵智甚至闺智等等，俨然是要凑成一部在生活的各个层面，面对各种问题无从措手时，可资借鉴的智慧工具书。一个人翻开这样一本工具书，却什么都不为，对编著者确实是一种冒犯与亵渎。

那为什么我们还要“选注”，而不是将《智囊》整本书照单全收？这明明是更大的冒犯。这里面牵涉一个非常严肃的道理，既关系到（我以为的）我们面对古籍时应该采取什么态度，也是我在“选”时遵照的基本原则，不能不详加解释说明。

冯梦龙先生（我再次假设面红耳赤的冯梦龙站在我的面前，等待我给他一个合理的解释），抽象点说，我秉持这样一种观念：所有的思想方法都应该立足于现实的问题，一旦不能解释或解决问题，肯定是思想错了，不是问题错了。反过来，问题变，思想就应该随之而变。不能解决问题的思想不管多么迷人、多么费尽心血，都应该弃之如鄙履。这种观念当然不是我的发明，刻舟求剑就是很好的教训。冯梦龙先生应该能明白。

我冒昧地猜测，当年鲁迅先生主张“少读或者不读中国书”，其实就是想用高喊拆房子的办法，拆掉堵在泥古不化的国人思维里的那道墙，毕竟老办法从来都解决不了新问题，“实事求是”四个字，从来不易。也就是说，一本古籍如果不能解决某个问题，确实就没有读它的必要了。《智囊》从编纂之初，就是一本冲着问题去的作品，但是那些问题植根在冯梦龙的生活背景中，我们已经没有了这样的背景，也就没那些问题了。那它为什么又还值得读呢？后面在讨论另一个话题时，我会说到，现在先卖个关子。

冯梦龙编纂《智囊》时，读书最主要的目的是做官，读书人面对的最主要的问题，是一旦做官之后，如何处理微妙而复杂的君臣关系，如何断案，如何御敌，《智囊》理所当然地为解决这些问题服务。现在的读者没有这方面的问题了，与之相关的段落中所包含的智慧自然也就因失去现实滋养而萎缩、湮灭。囊中已然无智，再留着，“智囊”何以名实相副？就算是孩童，给他一只“奇趣蛋”，打开却空无一物，恐怕也是要哭要闹要失望的吧？所以，将介绍古人如何排兵布阵的《兵智部·武案卷二十四》整卷删去，在我看来也是理所当然。去粗取精，去没用取有用，对冯梦龙或者任何一本书的作者，都是最大的尊重，也是对自己负责任的表现，更是作者与读者之间最良性的互动。我当然希望这本书能和读者产生这样的互动，如果这种互动是由我的选注而促成，选注的乐趣会更加充实。

说到乐趣，或者说到我为什么贸然提到“奇趣蛋”，是因为我想借机提出我在选注时的另一条标准：是否有趣。《智囊》中的很多段落，听起来就像是今人所谓的段子。试举一例：

先主时天旱，禁私酿。吏于人家索得酿具，欲论罚。简雍与先主游，见男女行道，谓先主曰：“彼欲行淫，何以不缚？”先主曰：“何以知之？”对曰：“彼有其具！”先主大笑而止。

三国时期蜀国大旱，粮食歉收，所以刘备禁止私人酿酒，免得浪费粮食。底下的官吏根据这条命令，但凡在百姓家发现有酿酒的器具，就按违反禁止私人酿酒令处理。估计也是闹得鸡飞狗跳。有天简雍陪刘备郊游，看到有男女同行，就对刘备说：“这两人只怕是要交媾了，赶紧抓起来啊！”刘备一头雾水：“什么意思？你怎么知道人家要交媾？这不是走得好好的么？”简雍说：“他们随身携带交媾的工具啊！”刘备一听，哈哈大笑。刘备也不是傻子，当然明白简雍是什么意思，所以就废除了之前的禁令。

禁酒这件事在历史上往往闹得很严重，二十世纪二三十年代的美国甚至采用了随机在酒中投放毒药的办法来惩罚喝酒的人，死伤好几百，搞得很恐慌。你可能会觉得很奇怪，不就是喝个酒么，用得着弄到死人的地步？没道理嘛。然而主张禁酒的人，有他们的道理，这个道理甚至很神圣。宗教上的道德理由就不说了，现实中，当时主张禁酒的人认为，喝酒引发犯罪，比如街头斗殴、家庭暴力之类，背后往往是酒在催动，禁酒就能斩断这种引发关系，减少犯罪。但是禁酒并没有减少犯罪，反而产生了更多的问题。就是这么一条把社会弄得很混乱的政策，人人都看到了它的问题，反对的人不少，言辞也很激烈，却执行了十三年之久。

同样是禁酒，在近乎两千年前的蜀国，就因为简雍的一两句玩笑话，刘备的哈哈大笑几声，就给取消了，确实让人感叹。我想进一步说一下我对简雍这个玩笑的理解。我猜当时也会有很多人反对刘备的禁酒令，甚至也上过奏折，提过意见，为什么其他人没能让刘备废除禁令？除了诣趣，简雍这番话，到底高明在哪里？我觉得，高就高在迂回的策略，谐趣只是其包装。很多时候，我们都会发现，和一个自身有道理的事情正面对抗，往往并不是改变它的最佳选择。就比如刘备的禁酒令，不管是从道德还是从现实考量，都很有道理：在粮食歉收的情况下还要酿酒，明显会导致一部分人饿肚子，甚至有更恶劣的情况出现。如果单纯用看似有道理的、个人对酒的喜好来对抗，只会拔高对方的道德性，显出自己的小来，如此，只能适得其反，实现不了自己的目的。在这种情况下，倒不如放大对方的荒谬，使其不能自圆。简雍开玩笑、使段子，就是在放大对方的荒谬。

这种凡事绕一步的策略，大概是《智囊》的精华所在，也是中国式智慧的精华所在。我再举一个例子——凑巧也是和禁酒有关，这次直接翻译过来，希望您自己在书中读到时能会心一笑：

一个小媳妇到衙门来报案，举报自己的婆婆在家私自酿酒。按律，私自酿酒要打几十大板。案情落实之后，当官的问小媳妇：你是不是个孝顺媳妇？小媳妇肯定说自己孝顺。当官的当机立断，判这个婆婆几十大板。小媳妇不是孝顺吗？由她来代婆婆挨打。

这就是典型的中国式智慧。小媳妇举报自己的婆婆，摆明了是婆媳之间关系不和，而且违背了“亲亲互隐”的礼法。但是现行的法律又明确规定私自酿酒必须受罚，如果不罚，法律的尊严将受到损害。于是，当官的采取了这样一种策略，合理利用规则，维护了法律的尊严，更重要的是，通过惩罚违背孝道和“亲亲互隐”礼法的小媳妇，彰显了礼教，确保了儒家伦理的不可侵犯。这也就是所谓“经与权”。中国式的智慧，往往就是面对不可动摇的“经”，寻找到最佳的“权”。而《智囊》中所隐藏的最大的智，就是如何去“权”：它几乎就是“权”的案例集。读到这里，读者诸君如果还记得我之前卖弄的关子——为什么《智囊》还值得读？——应该同时也知道了答案。我确实认为，如果一个读者希望《智囊》能给他（或她）走出人生迷茫、生活苦恼、职场困境以启发，他（或她）一定会有所收获。

但是，我必须要在最后高声地说出一个大写的“但是”：《智囊》选注本必须批判地读！就像一盒药，说明书上除了介绍化学成分、服用方法，还必须说明注意事项或者禁忌——它往往放在说明书的最后，却最重要。

刚才我已经说过，通过选，我删除了《智囊》中大量的只有在封建社会的体制下才会遇到的问题，保留了即使在现代生活背景下，也可能有所启发的，或许可以称之为“权术”的内容。宏观地看这些条目、这些故事，你会发现聪明确实是聪明，手段也确实都是好手段，然而这些聪明劲儿、这些好手段，往往都是诉诸情感，而不是理性。情感这个东西捉摸不定，因人而异，遇到媳妇举报婆婆，聪明的官员会有自己的处理办法，却没看到因此上升到制定出一套从此以后如何应对此类事件的制度、条文。历史学者黄仁宇先生说中国人缺少大历史的观念，缺少一种数目字管理的精神，我理解，其实说的正是这种情感发达而理性欠缺的情况。或者所谓的中国文化的早熟，也能按此解释？

这些问题我没有能力解决，就像医生也没办法解决药物的禁忌，却必须提醒患者有所注意，我也只能尽到提醒的义务。《智囊》选注本中的“权术”，原本只是“在原则（经）的约束下，合理利用规则权衡利弊做出对策的技术”之缩写，我希望读者不要最后读成“权力之术”（任何两种力量、两个人之间的较量，都可以称为权力的较量），希望读者还是能更多地增进理性，而不是放纵感性。

我要说的，差不多也已经结束，有些话也不想再多发挥，毕竟“修行在个人”。如果有读者觉得我的选取不当，我愿意接受批评。如果有读者觉得我的注释不当，我也愿意接受批评。要狡辩一下的话，我想说，我觉得不注释人名、官名等并不影响阅读，而且不知道人名反而可以将特定人物所经历的事套在任何人身上，更能去囊取智，岂不更好？毕竟我选注的目的不是增进读者的历史知识或者文言文阅读水平，而是分享前人的智慧，所以我往往只在影响理解的地方注释甚至直接翻译一下。

我没打算让《智囊》选注本成为一本很严肃的古籍——其实冯梦龙当年也没这么想过，他就是一个书商，只想捣鼓出一本畅销书。

刘小敏

目 录

诘奸卷十 /120

智囊自叙

冯子曰：人有智犹地有水，地无水为焦土，人无智为行尸。智用于人，犹水行于地，地势坳则水满之，人事坳则智满之。周览古今成败得失之林，蔑不由此。何以明之？昔者桀、纣愚而汤、武智；六国愚而秦智；楚愚而汉智；隋愚而唐智；宋愚而元智；元愚而圣祖智。举大则细可见，斯《智囊》所为述也。

或难[1]之曰：智莫大于舜，而困于顽嚣[2]；亦莫大于孔，而厄于陈蔡；西邻之子，六艺娴习，怀璞不售[3]，鹑衣鷇食[4]；东邻之子，纥字未识，坐享素封，仆从盈百，又安在乎愚失而智得？冯子笑曰：子不见夫凿井者乎？冬裸而夏裘，绳以入，畚[5]以出，其平地获泉者，智也，若夫土穷而石见，则变也。有种世衡者，屑石出泉，润及万家。是故愚人见石，智者见泉，变能穷智，智复不穷于变。使智非舜、孔，方且灰于廪、泥于井、[6]俘于陈若蔡，何暇琴于床而弦于野？子且未知圣人之智之妙用，而又何以窥吾囊？

或又曰：舜、孔之事则诚然矣。然而"智囊"者，固大夫错所以膏焚于汉市也[7]，子何取焉？冯子曰：不不！错不死于智，死于愚。方其坐而谈兵，人主动色，迨七国事起，乃欲使天子将而己居守[8]，一为不智，谗兴身灭。虽然，错愚于卫身，而智于筹国，故身死数千年，人犹痛之，列于名臣。挽近斗筲之流，卫身偏智，筹国偏愚，以此较彼，谁妍谁媸？且"智囊"之名，子知其一，未知二也。前乎错，有樗里子焉；后乎错，有鲁匡、支谦、杜预、桓范、王德俭焉；其在皇明，杨文襄公并擅此号。数君子者，迹不一轨，亦多有成功竖勋、身荣道泰。子舍其利而惩其害，是犹睹一人之溺，而废舟楫之用[9]，夫亦愈不智矣！

或又曰：子之述《智囊》，将令人学智也。智由性生乎，由纸上乎？冯子曰：吾向者固言之，智犹水，然藏于地中者，性；凿而出之者，学。井涧之用，与江河参。吾忧夫人性之锢于土石，而以纸上言为之畚锸[10]，庶于应世有瘳尔。

或又曰：仆闻"取法乎上，仅得乎中"。子之品智，神奸巨猾，或登上乘，鸡鸣狗盗，亦备奇闻，囊且秽矣，何以训世？冯子曰：吾品智非品人也。不惟其人惟其事，不惟其事惟其智，虽奸猾盗贼，谁非吾药笼中硝、戟[11]？吾一以为蛛网而推之[12]可渔，一以为蚕茧而推之可室。譬之谷王[13]，众水同归，岂其择流而受！

或无以难，遂书其语于篇首。冯子名梦龙，字犹龙，东吴之畸人也。

1 难：责难，诘问。 2 顽：顽固，一意孤行。 嚚：愚蠢。《书·尧典》称舜"父顽，母嚚"，偏爱其弟象，几次险些将舜置于死地。 3 怀璞不售：怀揣璞玉却卖不出去，指怀才不遇。4 鹑衣：像鹌鹑的秃尾巴一样破破烂烂的衣服。 鷇食：嗷嗷待哺的幼鸟叫鷇。鷇食指张着嘴巴求别人给口吃的。 5 畚：簸箕，最早为草绳制成，后多为竹制。 6 灰于廪、泥于井："困于顽嚚"的具体事例。舜在房顶上铺草修葺房屋，他父亲搬掉梯子，放火烧屋子，险些将舜烧死；舜下井掏淤泥，他父亲往井里倒土填井，险些将舜活埋。舜逃脱之后，像没事人一样在床上弹琴，只当之前的事情没有发生过。故有后文的“琴于床”。 7 大夫错：晁错，在汉景帝时官居御史大夫，故称。汉文帝时，晁错任太常掌故，后历任太子舍人、博士、太子家令，因能言善辩为所太子宠幸，称为“智囊”。汉景帝即位后，晁错因主张削藩，引发吴、楚等七国以“请诛晁错，以清君侧”为名，举兵反叛。为平息叛乱，汉景帝将晁错斩杀于东市。膏焚：原指自焚，此指晁错之死为聪明所致，形同自焚。 8 此句指七国起兵谋反后，晁错建议汉景帝御驾亲征，自己留守京城。 9 是犹……之用：看到一个人淹死，就不再乘船。 10 锸：铁锹。 11 硝：硝石，古代做火药的原料，也可入药。 戟：大戟，一种治腹胀的中药，使用不当反而对人体有害。 12 推之：联想到。 13 谷王：百谷之王，指大海。

智囊补自叙

忆丙寅岁，余坐蒋氏三径斋小楼近两月，辑成《智囊》二十七卷。以请教于海内之明哲，往往滥蒙嘉许，而嗜痂者遂冀余有续刻。余菰芦[1]中老儒尔，目未睹西山[2]之秘籍，耳未闻海外之僻事，安所得匹此者而续之？顾数年以来，闻见所触，苟邻于智，未尝不存诸胸臆，以此补前辑所未备，庶几其可。虽然，岳忠武有言："运用之妙，在乎一心。"善用之，鸣吠之长[3]可以逃死；不善用之，则马服之书[4]无以救败。故以羊悟马，前刻已厌其繁；执方疗疾，再补尚虞其寡。第余更有说焉。唐太宗喜右军[5]笔意，命书家分临《兰亭》本，各因其质，勿泥形模，而民间片纸只字，乃至搜括无遗。佛法上乘，不立文字，四十二章[6]后，增添至五千四十八卷而犹未已。故致用虽贵乎神明，往迹何妨乎多识？兹补或亦海内明哲之所不弃，不止塞嗜痂者之请而已也。书成，值余将赴闽中，而社友德仲氏以送余，故同至松陵。德仲先行[7]余《指月》《衡库》诸书，盖嗜痂之尤者，因述是语为叙而畀之。

1菰芦：本指茭白和芦苇，此处喻指民间。 2西山：指太湖之西洞庭山。 3鸣吠之长：鸡鸣狗盗的专长。典出孟尝君借着会鸡鸣狗盗的门客帮助，逃出函谷关。 4马服之书：战国时赵奢被封为马服君，其子赵括空读他的兵书，却无实战能力，指挥长平之战几乎使得赵国灭亡。 5右军：东晋书法家王羲之。6四十二章：《四十二章经》，佛教经典。 7行：刊印，发行。

上智部第一

上智部总序

冯子曰：智无常局[1]，以恰肖[2]其局者为上。故愚夫或现其一得，而晓人[3]反失诸千虑。何则？上智无心而合，非千虑所臻也。[4]人取小，我取大；人视近，我视远；人动而愈纷，我静而自正；[5]人束手无策，我游刃有余。夫是故，难事遇之而皆易，巨事遇之而皆细；其斡旋入于无声臭之微，而其举动出人意想思索之外；或先忤[6]而后合，或似逆而实顺；方其闲闲，豪杰所疑，迄乎断断，圣人不易。呜呼！智若此，岂非上哉！上智不可学，意者法上而得中乎？抑语云“下下人有上上智”，庶几有触而现焉[7]。

余条列其概，稍分四则，曰《见大》、曰《远犹》、曰《通简》、曰《迎刃》，而统名之曰《上智》。

1 常局：固定不变的规律。 2 肖：符合，对应，解决。3 晓人：聪明人。 4 此二句意为：上智得之于无心的巧合，而不是因深思熟虑而臻于完美。 5 此二句意为：别人越动越陷入纷扰，我越静越守得正道。 6 忤：忤逆不合。 7 此句意为：或许有触类旁通，获得启发的效果。

见大卷一

一操一纵，度越意表[1]。寻常所惊，豪杰所了[2]。集《见大》。

1 度越意表：超出意料之外。 2 了：了然于胸。

孔子

孔子行游，马逸[1]食稼，野人[2]怒，絷[3]其马。子贡往说[4]之，卑词而不得[5]。孔子曰："夫以人之所不能听说人，譬以太牢[6]享野兽，以《九韶》[7]乐飞鸟也！"乃使马圉[8]往，谓野人曰："子不耕于东海，予不游西海也，吾马安得不犯子之稼？"[9]边批：自是至理，安得不从。野人大喜，解马而予之。

［述评］人各以类相通。述《诗》《书》于野人之前，此腐儒之所以误国也。马圉之说诚善，假使出子贡之口，野人仍不从。何则？文质貌殊，其神固已离矣。[10]然则孔子曷不即[11]遣马圉，而听子贡之往耶？先遣马圉，则子贡之心不服；既屈子贡，而马圉之神始至。边批：全神乎气机，岂浅鲜能知。圣人达人之情，故能尽人之用；后世以文法[12]束人，以资格限人，又以兼长望人，天下事岂有济乎！

1 逸：挣脱缰绳跑掉。 2 野人：在田野耕作的农夫。 3 絷：牵住，扣住。 4 说：游说。 5 卑词而不得：好话说尽都要不回来。卑词，《吕氏春秋》作"毕辞"。能言善辩的子贡都没能说服野人，足见其难。 6 太牢：古代祭祀以牛、羊、猪三牲合称太牢，此处意为最高级别最隆重的献祭。 7《九韶》：传说中尧舜时期的典乐，此处意为高雅音乐。 8 马圉：马夫，养马的仆从。 9 马夫的意思是，我们同住一块地境，马认不清到底是谁家的田地，以为是自家的禾苗才误食。 10 此二句意为：（马夫与子贡）不管是外在形象还是教养都有很大差距，同样的话从不同的人嘴里说出来，神采不同，对话双方的心神也有差距。 11 即：当即，一开始就。 12 文法：法律条文。

宋太祖

"三徐"名著江左[1]，皆以博洽闻中朝，而骑省铉[2]尤最。会江左使铉来修贡例[3]，差官押伴[4]。朝臣皆以词令不及为惮，宰相亦艰其选，请于艺祖[5]。艺祖曰："姑退，朕自择之。"有顷，左珰[6]传宣殿前司[7]，具殿侍中不识字者十人以名入。宸笔[8]点其一，曰："此人可。"在廷皆惊，中书[9]不敢复请，趣[10]使行。殿侍者莫知所以，弗获已[11]，竟往[12]。渡江，始铉词锋如云，旁观骇愕，其人不能答，徒唯唯。铉不测，强聒而与之言。居数日，既无酬复，铉亦倦且默矣。

［述评］岳珂云："当陶、窦诸名儒端委在朝[13]，若令角辩骋词，庸讵[14]不若铉？艺祖正以大国之体不当如此耳。其亦不战屈人兵之上策欤？"

孔子之使马圉，以愚应愚也。艺祖之遣殿侍者，以愚困智也。以智强愚，愚者不解；以智角[15]智，智者不服。边批：微言透理。

白沙陈公甫，访定山庄孔旸。[16]庄携舟送之，中有一士人，素滑稽，肆谈亵昵[17]，甚无忌惮。定山怒不能忍。白沙则当其谈时，若不闻其声；及其既去，若不识其人。边批：不睹不闻无穷。定山大服。此即艺祖屈徐铉之术。

1江左：长江以东，即江浙一带。此处指五代时期的南唐国。 2骑省铉：即徐铉，前文所谓“三徐”之一。徐铉随李煜归附宋朝后，曾任散骑常侍。骑省即为散骑常侍的代称。 3修贡例：按照老规矩向北宋交付贡品。 4差官押伴：北宋派人担任押伴使，过来接贡品。 5艺祖：指宋太祖赵匡胤。 6左珰：宋代称礼部为左省。珰为宦官，此处左珰指负责礼仪的太监，类似皇帝的秘书。 7殿前司：掌管殿前禁军名籍的官员。8宸笔：御笔，皇帝亲笔。 9中书：中书省，宋朝由中书省掌行政大权。 10趣：催促。 11弗获已：不得已。 12竟往：最终还是去了。 13陶、窦：陶谷、窦仪，二人均为当世名儒。端委：朝服端正而宽长者。 14庸讵：怎么会。 15角：角逐，彼此辩难。 16陈公甫：陈献章，字公甫。庄孔旸：庄昶，字孔旸，因丁忧卜居定山，学者称其为定山先生。 17肆谈亵昵：说些不登大雅之堂的话。

丙吉 郭进

吉为相，有驭吏[1]嗜酒，从吉出，醉呕丞相车上。西曹主吏[2]白欲斥之。吉曰：“以醉饱之失去士，使此人复何所容？西曹第忍之，此不过污丞相车茵[3]耳。”此驭吏，边郡人，习知边塞发奔命[4]警备事。尝出，适见驿骑持赤白囊，边郡发奔命书驰来至。驭吏因随驿骑至公车刺取，知虏入云中、代郡，遽归。见吉白状[5]，因曰：“恐虏所入边郡，二千石长吏[6]有老病不任兵马者，宜可豫视[7]。”吉善其言，召东曹案边长吏科条其人。未已，诏召丞相、御史，问以虏所入郡吏。吉具对[8]。御史大夫卒遽不能详知，以得谴让[9]；而吉见谓忧边思职，驭吏力也。

郭进任山西巡检[10]，有军校诣阙讼进者。上召，讯知其诬，即遣送进，令杀之。会并寇入，进谓其人曰：“汝能讼我，信有胆气。今赦汝罪，能掩杀并寇者，即荐汝于朝；如败，即自投河，毋污我剑也。”其人踊跃赴斗，竟大捷。进即荐擢[11]之。

［述评］容小过者，以一长酬；释大仇者，以死力报。唯酬报之情迫中[12]，故其长触之而必试，其力激之而必竭。彼索过寻仇者，岂非大愚？

1驭吏：替丙吉赶车的小吏。 2西曹主吏：相府中管理侍从的官。 3车茵：车垫。 4发奔命：征发传递紧急文书的人员。 5白状：汇报、禀明情况。 6二千石长吏：郡太守。 7豫视：预先审案。 8具对：回答得头头是道。 9谴让：谴责。 10巡检：官名，始设于宋朝，掌管边境或主要关隘训练甲兵、巡逻州邑、擒捕盗贼的事。 11擢：提拔使用。 12迫中：心中迫切。

秦桧

秦桧当国，有士人假其书[1]，谒扬州守。守觉其伪，缴原书管押其回。桧见之，即假[2]其官资。或问其故，曰：“有胆敢假桧书，此必非常人。若不以一官束之，则北走[3]胡、南走越矣。”

［述评］西夏用兵[4]时，有张、李二生，欲以策干韩、范二公[5]，耻于自媒，乃刻诗于碑，使人曳之而过，韩、范疑而不用。久之，乃走西夏，诡名张元、李昊，到处题诗。元昊闻而怪之，招致与语，边批：元昊识人。大悦，奉为谋主，大为边患。奸桧此举，却胜韩、范远甚。所谓"下下人有上上智"。

有人赝作韩魏公书，谒蔡君谟。[6]君谟虽疑之，然士颇豪，与之三千，因回书，遣四兵送之，并致果物于魏公。客至京，谒公谢罪。公徐[7]曰："君谟手段小[8]，恐未足了公事。夏太尉[9]在长安，可往见之。"即为发书。子弟疑谓包容已足，书可勿发。公曰："士能为我书，又能动君谟，其才器不凡矣。"至关中，夏竟官之。边批：手段果大。又东坡元祐间出帅钱塘。视事之初，都商税务押到匿税人[10]南剑州乡贡进士吴味道，以二巨卷，作公名衔，封至京师苏侍郎宅。公呼讯其卷中何物。味道恐蹙[11]而前曰："味道今秋忝冒乡荐，乡人集钱为赴省之赆[12]以百千，就置建阳纱得二百端。因计道路所经场务[13]尽行抽税，则至都下不存其半。窃计当今负天下重名而爱奖士类，惟内翰与侍郎耳。纵有败露，必能情贷，遂假先生名衔，缄封而来。不知先生已临镇此邦，罪实难逃。"公熟视，笑，呼掌笺吏去其旧封，换题新衔，附至东京竹竿巷，边批：真欲令人刻骨铭心。并手书子由书一纸，付之，曰："先辈这回将上天去也无妨。"明年味道及第，来谢。二事俱长人智量者。

1 假其书：伪造秦桧的书信。 2 假：借，实为赠送。 3 走：投靠，叛逃。 4 西夏用兵：指宋仁宗时西夏与宋朝之间的征战。5 韩、范二公：韩琦、范仲淹，二人因共同防御西夏，被称为"韩范"。 6 韩魏公：韩琦被封为魏国公，因称。蔡君谟：蔡襄，

［宋］王霭《宋太祖坐像》

［宋］佚名《宋太宗立像》

字君谟。 7 徐：缓慢。 8 手段小：做事太过谨慎。 9 夏太尉：夏竦。 10 匿税人：偷税漏税的人。 11 恐蹙：战战兢兢。 12 贶：所赠送的财物。 13 场务：宋代掌管征收税务的官署。

楚庄王　袁盎

楚庄王宴群臣，命美人行酒。日暮，酒酣烛灭。有引美人衣者。美人援绝其冠缨，趣火视之[1]。王曰："奈何显妇人之节而辱士乎？"命曰："今日与寡人饮，不绝缨者不欢。"群臣尽绝缨而火，极欢而罢。及围郑之役，有一臣常在前，五合五获首[2]，却敌，卒得胜。询之，则夜绝缨者也。

盎先尝为吴相时，盎有从史私盎侍儿[3]。盎知之，弗泄。有人以言恐从史，从史亡[4]。盎亲追反之，竟以侍儿赐，遇之如故。景帝时，盎既入为太常，复使吴。吴王时谋反，欲杀盎，以五百人围之，盎未觉也。会[5]从史适为守盎校尉司马，乃置二百石醇醪，尽饮五百人醉卧，辄夜引盎起，曰："君可去矣，旦日王且斩君。"盎曰："公何为者？"司马曰："故从史盗君侍儿者也。"于是盎惊脱去。

［述评］梁之葛周[6]、宋之种世衡，皆因此术克敌讨叛。若张说免祸，可谓转圜之福。兀朮不杀小卒之妻，亦胡虏中之杰然者也。

葛周尝与所宠美姬同饮，有侍卒目视姬不辍，失答周问。既自觉，惧罪。周并不言。后与唐师[7]战，失利，周呼此卒奋勇破敌，竟以美姬妻之。边批：怜才之至。

胡酋苏慕恩部落最强，种世衡尝夜与饮，出侍姬佐酒。既而世衡起入内，慕恩窃与姬戏。边批：《三国演义》貂蝉事套此。世衡遽出掩之，慕恩惭愧请罪。世衡笑曰："君欲之耶？"即以遗之[8]。由是诸部有贰者，使慕恩讨之，无不克。

张说有门下生盗其宠婢，欲置之法。此生呼曰："相公岂无缓急用人时耶？何惜一婢！"说奇其言，遂以赐而遣之。后杳不闻。及遭姚崇之构，祸且不测。此生夜至，请以夜明帘献九公主，为言于玄宗，得解。

金兀朮爱一小卒之妻，杀卒而夺之，宠以专房。一日昼寝，觉，忽见此妇持利刃欲向。惊起问之，曰："欲为夫报仇耳。"边批：此妇亦奇。朮默然，麾使去。即日大享将士，召此妇出，谓曰："杀汝则无罪，留汝则不可。任汝于诸将中自择所从。"妇指一人，朮即赐之。边批：将知感而妇不怨矣。

1 趣火视之：招呼点燃火把蜡烛查看（谁帽子上的带子没了）。 2 五合五获首：五次交兵，五次斩获敌人首级。 3 从史：贴身吏员。 私：私通。 4 亡：逃跑。 5 会：恰好。 6 葛周：应作葛从周。 7 唐师：后唐军队。 8 即以遗之：于是将这名侍女赠送给苏慕恩。

屠羲英

屠枰石[1]羲英先生为浙中督学，持法严。按湖[1]时，群小望风搜诸生过失。一生宿娼家，保甲昧爽[3]两擒抵署门，无敢解者。门开，携以入。保甲大呼言状，屠佯为不见闻者，理文书自如。保甲膝行渐前，离两累颇远。屠瞬门役，判其臂曰："放秀才去。"边批：刚正人，却善谑。门役喻其意，潜趋下引出[4]，保甲不知也。既出，屠昂首曰："秀才安在？"边批：可称风雅宗师。保甲回顾失之，大惊，不能言。与大杖三十，荷枷，娼则逐去。保甲仓皇语人曰："向殆执鬼[5]！"边批：趣甚，快甚！诸生咸唾之，而感先生曲全一酒色士也。自是刁风顿息，而此士卒自惩，用贡为教官。

［述评］李西平[6]携成都妓行，为节使[7]张延赏追还，卒成仇隙；赵清献宰清城而挈妓以归，胡铨浮海生还而恋黎倩。[8]红颜殢人，贤者不免，以此裁士，士之能全者少矣！

宋韩亿性方重，累官尚书左丞，每见诸路[9]有奏拾官吏小过者，辄不怿，曰："天下太平，圣主之心，虽昆虫草木皆欲使之得所，今仕者大则望为公卿，次亦望为侍从、职司、二千石，奈何以微瑕薄罪锢人于盛世乎？"

屠公颇得此意。

1屠枰石：屠羲英，字淳卿，号枰石。 2按湖：巡视湖州，或作巡视西湖。 3昧爽：黎明。 4潜趋下引出：悄悄退下将秀才和妓女带出去。 5向殆执鬼：刚刚真是碰到鬼了。 6李西平：李晟，唐朝名将，因封西平郡王，故世称李西平。 7节使：节度使。 8赵清献：赵抃，谥号清献。 黎倩：胡铨侍妓。 9诸路：各地。路，宋代行政区划，下辖府、州、军。

胡霆桂

胡霆桂，开庆间为铅山主簿。时私酿之禁甚严，有妇诉其姑[1]私酿者。霆桂诘之曰："汝事姑孝乎？"曰："孝。"曰："既孝，可代汝姑受责。"以私酿律笞之。政化遂行，县大治。《姑苏志》载此为赵思夫事。

1 姑：婆婆。

尹源

尹源，尹洙之兄也。举进士，通判[1]泾州时，知沧州刘涣坐[2]专斩部卒，降[3]知密州。源上书言："涣为主将，部卒有罪，不伏笞，辄呼万岁，涣斩之不为过。以此谪涣，臣恐边兵愈骄，轻视主将，所系非轻。"涣遂获免。

［述评］禁诸生宿娼，法[4]也，而告讦之风不可长。效尹书判，及失税私酿，专斩部卒，皆不法也，而奴不可以加[5]主，妇不可以凌姑，卒不可以抗帅。舍其细而全其大，非弘智不能。

1 通判：官名，宋朝时在州府长官下掌管粮运、家田、水利和诉讼等事项，多由中央派出，对州府的长官有监察的责任，时称监州。 2 坐：坐实，因（私人原因斩杀部卒）而获罪。 3 降：降职。 4 法：法律的明文规定。 5 加：僭越。

萧何 任氏

沛公至咸阳，诸将皆争走金帛财物之府分之，何独先入收秦丞相、御史律令图书藏之。沛公具知天下厄塞、户口多少强弱处、民所疾苦者，以何得秦图书也。

宣曲任氏，其先为督道仓吏[1]。秦之败也，豪杰争取金玉，任氏独窖仓粟。楚汉相距荥阳，民不得耕种，米石至万，而豪杰[2]金玉尽归任氏。

［述评］二人之智无大小，易地则皆然也。

又蜀卓氏[3]，其先赵人，用铁冶富。秦破赵，迁卓氏之蜀，夫妻推辇行。诸迁虏少有余财，争与吏求近处，处葭萌。唯卓氏曰："此地狭薄。吾闻岷山之下沃野，下有蹲鸱冯注：芋也，至死不饥，民工[4]作布，易贾。"乃远求迁。致之临邛，即铁山鼓铸，运筹贸易，富至敌国。其识亦有过人者。

1 督道仓吏：秦朝官府中专门负责催缴租赋、设置仓库存储粮食、管理仓库的官吏。 2 豪杰：此处指地方武装势力。 3 蜀卓氏：蜀国卓家，汉代时世代为工商大家。 4 工：善于，精于。

董公

汉王[1]至洛阳，新城三老[2]董公遮说[3]王曰："兵出无名，事故不成，故曰：'明其为贼，敌乃可服。'天下共立义帝[4]，项羽放弑[5]之，大王宜率三军之众，为之素服，以告诸侯而伐之。"于是汉王为义帝发丧，兵皆缟素，告诸侯曰："寡人悉发关中兵，收三河[6]士，南浮江、汉以下，愿从诸侯王击楚之弑义帝者。"

［述评］董公此说，乃刘、项曲直分判处。随何招九江，郦生下全齐[7]，其陈说皆本此。许庸斋谓沛公激发天下大机括[8]，子房号为帝师，亦未有此大计。

1 汉王：刘邦，秦灭亡后，项羽曾封刘邦为汉王。 2 三老：秦时掌管一乡教化的官。 3 遮说：拦路游说。 4 义帝：为招揽民心，楚怀王的孙子芈心，被项羽、刘邦等人立为楚怀王，尊为义帝。 5 放弑：放逐而后杀死。 6 三河：秦汉时期，河内、河南、河东三郡总称三河。 7 此二句意：辩士随何招降九江王英布，辩士郦食其说服齐王田广归附。 8 机括：弩上的扳机，借指治事的权柄或事物的关键。

张飞

先主一见马超，以为平西将军，封都亭侯，超见先主待之厚也，阔略无上下礼，与先主言，常呼字[1]。关羽怒，请杀之，先主不从。张飞曰："如是，当示之以礼。"明日大会诸将，羽、飞并挟刃立直，超入，顾坐席，不见羽、飞座，见其直[2]也，乃大惊。自后乃尊事先主。

［述评］释严颜，诲马超，都是细心作用，后世目飞为粗人，大枉。

1 呼字：以刘备的字（玄德）称呼他。 2 直：侍立身后。

远犹卷二

谋之不远，是用大简；[1] 人我迭居，吉凶环转；老成借筹[2]，宁深毋浅。集《远犹》。

1 此二句意：谋划不够长远，效果将大为减弱。 2 借筹：筹划局势，出谋划策。

商高宗 张昭

商高宗为太子时，其父小乙尝使久居民间，与小民出入同事，以知其情。

［述评］太祖教谕太子，必命备历[1] 农家，观其居处、服食、器用，使知农之劳苦。洪武末选秀才，随春坊官分班入直[2]，近前说民间利害等事。成祖巡行北京，使皇长孙周行村落，历观农桑之事。谕教者宜以为法。

张昭先逮事唐明宗[3]。明宗诸皇子竞侈汰。昭疏训储之法，略云："陛下诸子，宜各置师傅，令折节[4] 师事之。一日中但令止记一事，一岁之内，所记渐多，边批：深得读书之秘，彼博览者无益也。则每月终，令师傅具录奏闻。俟皇子上谒，陛下辄面问，倘十中得五，便可博识安危之故，深究成败之理。"明宗不能用。

［述评］此可为万世训储之法，胜如讲经说书，作秀才学问也。

1 历：经历，考察。 2 春坊官：太子随属官员。春坊，即太子宫。 直：通“职”。 3 先逮：先前，此前。 事：侍奉，在某人手下工作、任职。 4 折节：降低身份，礼贤下士。

王叔文

王叔文以棋侍太子[1]。尝论政至宫市[2]之失，太子曰：“寡人方欲谏之。”众皆称赞，叔文独无言。既退，独留叔文，问其故。对曰：“太子职当侍膳问安，不宜言外事。陛下在位久，如疑太子收人心，何以自解？”太子大惊，因泣曰：“非先生，寡人何以知此？”遂大爱幸。

［述评］叔文固憸险小人，此论自正。

1 专职陪太子（后来的唐顺宗李诵）下棋。 2 宫市：中唐以降，宦官到市场上买东西，仅随意支付极少费用，甚至一文不予，强行从商户手中“购买”货物，称为“宫市”。唐德宗时期此风尤烈。

宋太祖

初，太祖谓赵普曰：“自唐季以来数十年，帝王凡十易姓，兵革不息，其故何也？”普曰：“由节镇[1]太重，君弱臣强，今唯稍夺其权，制[2]其钱谷，收其精兵，则天下自安矣。”语未毕，上曰：“卿勿言，我已谕矣。”边批：聪明。顷之，上与故人石守信等饮，酒酣，屏左右，谓曰：“我非尔曹之力，不得至此，念汝之德，无有穷已，然为天子亦大艰难，殊不若为节度使之乐，吾今终夕未尝安枕而卧也。”守信等曰：“何故？”上曰：“是不难知，居此位者，谁不欲为之？”守信等皆惶恐顿首，曰："陛下何为出此言？"上曰："不然，汝曹虽无心，其如麾下之人欲富贵何？一旦以黄袍加汝身，虽欲不为，不可得也。"守信等乃皆顿首，泣曰："臣等愚不及此，唯陛下哀怜，指示可生之路。"上曰："人生如白驹过隙，所欲富贵者，不过多得金钱，厚自娱乐，使子孙无贫乏耳，汝曹何不释去兵权，择便好田宅市之，为子孙立永久之业，边批：王翦、萧何所以免祸。多置歌儿舞女，日饮酒相欢，以终其天年。君臣之间，两无猜嫌，不亦善乎？"皆再拜曰："陛下念臣及此，所谓生死而肉骨也。"明日皆称疾，请解兵权。

［述评］或谓宋之弱，由削节镇之权故。夫节镇之强，非宋强也。强干弱枝，自是立国大体。二百年弊穴，谈笑革之。终宋世无强臣之患，岂非转天移日手段？若非君臣偷安，力主和议，则寇準、李纲、赵鼎诸人用之有余，安在为弱乎？

熙宁[3]中，作坊以门巷委狭，请直而宽广之。神宗以太祖创始，当有远虑，不许。既而众工作苦，持兵夺门，欲出为乱，一老卒闭而拒之，遂不得出，捕之皆获。边批：设险守国道只如此。

1 节镇：节度使，藩镇。 2 制：节制，限制。 3 熙宁：宋神宗赵顼年号。

吕端

李继迁扰西鄙[1]。保安军奏获其母，太宗欲诛之，以寇準居枢密，独召与谋。準退，过相幕[2]，吕端谓準曰："上戒君勿言于端乎？"準曰："否。"告之故。端曰："何以处之？"準曰："欲斩于保安军北门外，以戒凶逆。"端曰："必若此，非计之得也。”即入奏曰：“昔项羽欲烹太公，高祖愿分一杯羹。夫举大事不顾其亲，况继迁悖逆之人乎？陛下今日杀之，明日继迁可擒乎？若其不然，徒结怨，益坚其叛耳。”太宗曰：“然则如何？”端曰：“以臣之愚，宜置于延州，使善视之，以招来[3]继迁。即不即降，终可以系其心，而母生死之命在我矣。”太宗拊髀称善，曰：“微卿，几误我事！”其后母终于延州。继迁死，子竟纳款。

［述评］具是依[4]，则为俺答之款[5]；具是违，则为奴酋之叛。

1 西鄙：西边边境。 2 相幕：宫中为宰相设置的办公地点。 3 招来：招揽。 4 具是依：都是归顺。 5 俺答之款：鞑靼族俺答部对明朝的纳贡归顺。明嘉靖年间，鞑靼族俺答部经常侵犯边境，后明穆宗朱载垕时期，俺答的孙子把汉那吉投降明朝，明朝给予优抚，俺答因孙子被扣为人质而与明朝订立盟约。

徐达

大将军达之蹙[1]元帝于开平也，缺其围一角，使逸去。常开平[2]怒亡大功。大将军言：“是虽夷狄，然尝久帝天下。吾主上又何加焉？将裂地而封之乎，抑遂甘心也？既皆不可，则纵之固便。”开平且未然。及归报，上亦不罪。

［述评］省却太祖许多计较。然大将军所以敢于纵之者，逆知[3]圣德之弘故也。何以知之？于遥封顺帝[4]、赦陈理为归命侯[5]而不诛知之。

1 蹙：围困。 2 常开平：常遇春，朱元璋手下大将，曾获封开平王。 3 逆知：预知。 4 顺帝：孛儿只斤·妥懽帖睦尔，元朝最后一位皇帝，庙号惠宗，朱元璋尊谥为顺帝。5归命侯：陈理是陈友谅的儿子，投降朱元璋后，获封归德侯，而非“归命侯”。

司马光

交趾[1]贡异兽，谓之麟。司马公言：“真伪不可知。使其真，非自至不为瑞；若伪，为远夷笑。愿厚赐而还之。”

［述评］方知秦皇、汉武之愚。

1交趾：古地名，北宋时指越南。

陈升之　刘大夏

熙宁中，高丽入贡，所经郡县悉要地图，所至皆造送。至扬州，牒取[1]地图。是时陈秀公守扬，给[2]使者欲尽见两浙所供图，仿其规制供之。及图至，都聚而焚之，具以事闻[3]。

［述评］宋初，遣卢多逊使李国主[5]。还，舣舟宣化口，使人白国主曰：“朝廷重修天下图经，史馆独缺江东诸州。愿各求一本以归。”国主急令缮写送之。于是尽得其十九州之形势、屯戍远近、户口多寡以归，朝廷始有用兵之意。秀公此举，盖惩前事云。

成化十六年，朝鲜请改贡道。因建州女直邀劫故。中官有朝鲜人为之地，众将从之。职方郎中[4]刘大夏独执不可，曰：“朝鲜贡道，自鸦鹘关出辽阳，经广宁，过前屯，而后入山海，迂回三四大镇，此祖宗微意。若自鸭绿江抵前屯、山海，路大径，恐贻他日忧。”卒不许。

1 牒取：呈送公文索取。 2 绐：骗，假说。 3 具以事闻：向朝廷详细汇报。 4 职方郎中：掌天下地图与四方朝贡的官吏。

李沆

李沆为相，王旦参知政事[1]，以西北用兵，或至旰食。旦叹曰：“我辈安能坐致太平，得优游无事耶！”沆曰：“少有忧勤，足为警戒。他日四方宁谧，朝廷未必无事。语曰：‘外宁必有内忧。’譬人有疾，常在目前，则知忧而治之。沆死，子必为相，遽与虏和亲，一朝疆埸无事，恐人主渐生侈心耳！”旦未以为然。

沆又日取四方水旱、盗贼及不孝恶逆之事奏闻，上为之变色，惨然不悦。旦以为：“细事不足烦上听，且丞相每奏不美之事，拂上意。”沆曰：“人主少年，当使知四方艰难，常怀忧惧。不然，血气方刚，不留意声色狗马，则土木、甲兵、祷祠之事作矣。吾老不及见，此参政他日之忧也。”沆没后，真宗以契丹既和，西夏纳款，遂封岱、祠汾[2]，大营宫殿，搜讲坠典[3]，靡有暇日。旦亲见王钦若、丁谓等所为，欲谏，则业已同之。欲去，则上遇之厚，乃知沆先识之远，叹曰：“李文靖真圣人也！”

［述评］《左传》：晋、楚遇于鄢陵，范文子不欲战，曰：“惟圣人能内外无患。自非圣人，外宁必有内忧。盍释楚以为外惧乎？”厉公不听，战楚胜之。归益骄，任嬖臣[4]胥童，诛戮三郤[5]，遂见弑于匠丽。文靖语本此。

1 参知政事：相当于副宰相。 2 封岱、祠汾：在泰山封禅祭祀，在汾水立祠。 3 搜讲坠典：搜集、恢复已经作废的礼仪。 4 嬖臣：奸臣。 5 三郤：郤犨、郤锜、郤至，均为贤臣。

韩琦

太宗、仁宗尝猎于大名[1]之郊，题诗数十篇，贾昌朝时刻于石。韩琦留守日，以其诗藏于班瑞殿之壁。客有劝琦摹本以进者。琦曰："修之得已，安用进为？"客亦莫谕琦意。韩绛来，遂进之。琦闻之，叹曰："昔岂不知进耶？顾上方锐意四夷事，不当更导之耳。"

石守道编《三朝圣政录》，将上。一日求质于琦，琦指数事：其一，太祖惑一宫鬟，视朝晏[2]。群臣有言，太祖悟，伺其酣寝，刺杀之。琦曰："此岂可为万世法？已溺之，乃恶其溺而杀。彼何罪？使其复有嬖，将不胜其杀矣。"遂去此等数事。守道服其精识。

1 大名：宋大名府。 2 视朝：上朝。 晏：晚。

范仲淹

劫盗张海将过高邮，知军晁仲约度不能御[1]，谕军中富民出金帛牛酒迎劳之。事闻，朝廷大怒，富弼议欲诛仲约。仲淹曰："郡县兵械足以战守，遇贼不御，而反赂之，法在必诛；今高邮无兵与械，且小民之情，醵[2]出财物而免于杀戮，必喜。戮之，非法意也。"仁宗乃释之。弼愠曰："方欲举法，而多方阻挠，何以整众?”仲淹密告之曰:“祖宗以来,未尝轻杀臣下。此盛德事,奈何欲轻坏之?他日手滑[3],恐吾辈亦未可保。”弼不谓然。及二人出按边,弼自河北还,及国门,不得入,未测朝廷意,比夜[4]彷徨绕床,叹曰:“范六丈圣人也。”

1 知军:全称“权知军州事”,宋代官名,一般由中央派员,以朝臣身份任知州,并掌管当地军队。 度:估摸,猜测。 2 醵:集资。 3 手滑:做惯了(杀官员的事)。 4 比夜:整夜。

王守仁

阳明公既擒逆濠[1],江彬等始至。遂流言诬公,公绝不为意。初谒见,彬辈皆设席于旁,令公坐。公佯为不知,竟坐上席,而转旁席于下。彬辈遽出恶语,公以常行交际事体平气谕之,复有为公解者,乃止。公非争一坐也,恐一受节制,则事机皆将听彼而不可为矣。边批:高见。

1 逆濠:宁王朱宸濠,明武宗时曾起兵造反。

陈寔

寔,字仲弓,以名德为世所宗。桓帝时,党事起,逮捕者众,人多避逃,寔曰:“吾不就狱,众无所恃。”竟诣狱请囚,会赦得释。灵帝初,中常侍张让权倾天下。让父死,归葬颍川,虽一郡毕至,而名士无往者,寔独吊焉。后复诛党人,让以寔故,颇多全活。

[述评]即菩萨舍身利物,何以加此?狄梁公之事伪周[1],鸠摩罗什之事苻秦,皆是心也。

1 伪周：指武则天建立的周朝。

姚崇

姚崇为灵武道大总管。张柬之等谋诛二张，崇适自屯所还，遂参密议，以功封梁县侯。武后迁上阳宫，中宗率百官问起居。五公相庆，崇独流涕。柬之等曰："今岂流涕时耶？恐公祸由此始。"崇曰："比与讨逆，不足为功。然事天后久，违旧主而泣，人臣终节也。由此获罪，甘心焉。"后五王被害[1]，而崇独免。

［述评］武后迁，五公相庆，崇独流涕。董卓诛，百姓歌舞，邕[2]独惊叹。事同而祸福相反者，武君而卓臣，崇公而邕私也。然惊叹者，平日感恩之真心；流涕者，一时免祸之权术。崇逆知三思[3]犹在，后将噬脐[4]，而无如五王之不听何也[5]。吁，崇真智矣哉！

1 五王被害：张柬之、桓彦范、敬晖、袁恕己、崔玄暐五人乘武则天患病发动政变，拥立唐中宗李显，复辟唐朝，因功分别受封郡王，后被武三思诬蔑而遭贬黜。张、崔于贬途中病死，桓、敬、袁则被杀害。 2 邕：指蔡邕。 3 三思：武三思，武则天的侄子。 4 噬脐：报复。 5 无如：无奈。常与"何"搭配。

孔子

鲁国之法：鲁人为人臣妾于诸侯，有能赎之者，取金于府。子贡赎鲁人于诸侯而让[1]其金。孔子曰："赐，失之矣！夫圣人之举事，可以移风易俗，而教导可施于百姓，非独适己之行也。

今鲁国富者寡而贫者多，取其金则无损于行，不取其金，则不复赎人矣。”

子路拯溺者，其人拜之以牛，子路受之。孔子喜曰：“鲁人必多拯溺者矣！”

［述评］袁了凡曰：自俗眼观之，子贡之不受金似优于子路之受牛，孔子则取由而黜赐[2]，乃知人之为善，不论现行论流弊，不论一时论永久，不论一身论天下。

1 让：推让，不要。 2 此句意为：孔子以子路（仲由）的做法为可取，子贡（赐）为不可取。

宓子

齐人攻鲁，由[1]单父。单父之老请曰：“麦已熟矣，请任民出获，可以益粮，且不资寇。”三请，而宓子不许。俄而齐寇逮于麦。季孙怒，使人让之[2]。宓子蹙然曰：“今兹无麦，明年可树。若使不耕者获，是使民乐有寇。夫单父一岁之麦，其得失于鲁不加强弱；若使民有幸取之心，其创必数世不息。”季孙闻而愧曰：“地若可入，吾岂忍见宓子哉！”

［述评］于救世似迂，于经世甚远。

1 由：经过。 2 使人让之：派人前往指责。

程琳

程琳，字天球，为三司使[1]日，议者患民税多名目，大麦纩绢绸鞋钱食盐钱。恐吏为奸，欲除其名而合为一。琳曰："合为一而没其名，一时之便，后有兴利之臣，必复增之，是重困民也。"议者虽唯唯，然当时犹未知其言之为利。至蔡京行方田之法[2]，尽并之，乃始思其言而咨嗟[3]焉。

1 三司使：北宋前期最高财政长官。 2 方田之法：方田均税法，通过丈量田亩、整理地籍来实现均平税收负担、增加财政收入的目的。 3 咨嗟：感慨。

高明

黄河南徙，民耕淤地，有收。议者欲履亩坐税。高御史明不可，曰："河徙无常，税额不改，平陆忽复巨浸，常税犹按旧籍，民何以堪？"遂报罢。

[述评] 每见沿江之邑，以摊江田赔粮致困，盖沙涨成田，有司喜以升科见功，而不知异日减科之难也。

川中之盐井亦然，陈于陛《意见》云："有井方有课[1]，因旧井塌坏，而上司不肯除其课，百姓受累之极，即新井亦不敢开。宜立为法：凡废井，课悉与除之；新井许其开凿，开成日免课，三年后方征收，则民困可苏而利亦兴矣。若田课[2]多，一时不能尽蠲，宜查出另为一籍，有恩典先及之，或缓征，或对支[3]，徐查新涨田，即渐补扣。数年之后，其庶几乎？"

查洪武二十八年，户部节奉太祖圣旨："山东、河南民人，除已入额田地照旧征外，新开荒的田地，不问多少，永远不要起科，有气力的尽他种。"按：此可为各边屯田之法。

1 课：征税。 2 田课：征收开垦荒山的税。 3 对支：减半征税。

王锷

王锷为京兆丞时，李蟠判度支[1]，每年以江淮运米至京，水陆脚钱斗计七百；京国米价斗四十，议欲令江淮不运米，但每斗纳钱七百。锷曰："非计也[2]。若于京国[3]籴米，且耗京国之食；若运米自淮至京国，兼济无限贫民也。"籴米之制，业已行矣，竟无敢沮其议者。都下米果大贵，未经旬而度支请罢，以民无至者也。识者皆服锷之察事，以此大用。

［述评］国初中盐之法[4]，输粟实边，支盐内地。商人运粟艰苦，于是募民就边垦荒，以便输纳，而边地俱成熟矣。此盐、屯相须之最善法也。自叶侍郎淇徇乡人之请，改银输部，而边地日渐抛荒，粟遂腾贵，并盐法亦大敝坏矣。"见小利则大事不成"，圣言真可畏哉！

1 判度支：根据财政收入判定财政支出、拨款，唐朝时也是官位名称。 2 非计也：不是良策。 3 京国：首都。 4 中盐之法：明朝初年的"中盐法"，即商人向边疆地区运送粮食，政府给运粮商人开"盐引"，准许商人到盐场购买限额的盐，运往盐引指定地点销售。

孙伯纯

孙伯纯史馆[1]知海州日，发运司[2]议置洛要、板浦、惠泽三盐场，孙以为非便。发运使亲行郡，决欲为之，孙抗论排沮甚坚。百姓遮县[3]，自言置盐场为便。孙晓之曰："汝愚民，不知远计。官卖盐虽有近利，官盐患在不售，不患在不足。盐多而不售，遗患在三十年后。”至孙罢郡，卒置三场。其后连海间刑狱盗贼差徭，比旧浸繁，缘三盐场所置。积盐山积，运卖不行，亏失欠负，动辄破人产业，民始患之。又朝廷调军器，有弩桩箭干之类，海州素无此物，民甚苦之，请以鳔胶[4]充折。孙谓之曰：“弩桩箭干，共知非海州所产，盖一时所须耳。若以土产物代之，恐汝被科无已时也。”

1 史馆：史馆撰修，官名，掌管修史。 2 发运司：掌管发送粮食的部门。 3 遮县：到政府门口集会请愿。 4 鳔胶：鱼鳔制成的胶。

李允则

李允则再守长沙。湖湘之地，下田艺稻谷，高田水力不及，一委之蓁莽[1]。允则一日出令曰：“将来并纳粟米秆草。”湖民购之襄州，每一斗一束，至湘中为钱一千。自尔竞以田艺粟，至今湖南无荒田，粟米妙天下焉。

1 此句意为：全部任其荒废。

程颢　毕仲游

神宗升遐[1]，会程颢以檄至府[2]。举哀既罢，留守韩康公之子宗师，问：“朝廷之事如何？”曰：“司马君实、吕晦叔作相矣！”又问：“果作相，当如何？”曰：“当与元丰大臣同，若先分党与，他日可忧。”韩曰：“何忧？”曰：“元丰大臣皆嗜利者，使自变其已甚害民之法，边批：必使自变，乃不可复变。则善矣。不然，衣冠之祸未艾也。君实忠直，难与议，晦叔解事，恐力不足耳。”已而皆验。

［述评］建中徽宗年号初，江公望为左司谏[3]，上言：“神考与元祐哲宗初号诸臣，非有斩祛、射钩之隙也，先帝信仇人黜之。陛下若立元祐为名，必有元丰神宗改元、绍圣哲宗改元为之对，有对则争兴，争兴则党复立矣。”

司马光为政，反王安石所为。毕仲游予之书曰：“昔安石以兴作之说动先帝，而患财之不足也。故凡政之可以得民财者，无不用。盖散青苗、置市易、敛役钱、变盐法者，事也；而欲兴作患不足者，情也。边批：此弊必穷其源而后可救。未能杜其兴作之情，而徒欲禁其散敛变置之事，是以百说而百不行。今遂废青苗、罢市易、蠲役钱、去盐法，凡号为利而伤民者，一扫而更之。则向来用事于新法者，必不喜矣；不喜之人，必不但曰‘青苗不可废，市易不可罢，役钱不可蠲，盐法不可去’，必操不足之情，言不足之事，以动上意。虽致石人而使听之，犹将动也。如是，则废者可复散，罢者可复置，蠲者可复敛，去者可复存矣。为今之策，当大举天下之计，深明出入之数，以诸路所积之钱粟，一归地官，使经费可支二十年之用。数年之间，又将十倍于今日。使天子晓然知天下之余于财也，则不足之论不得陈于前，而后新法始可永罢而不行。昔安石之居位也，中外莫非其人，故其法能行。今欲救前日之弊，而左右侍职司使者，约十有七八皆安石之徒。虽起二三旧臣，用六七君子，然累百之中存其十数，乌在其势之可为也？势未可为而欲为之，则青苗虽废将复散，况未废乎？市易、役钱、盐法亦莫不然。以此救前日之弊，如人久病而少间，其父子兄弟喜见颜色而未敢贺者，以其病之犹在也。”光得书耸然，竟如其虑。[4]

1 升遐：皇帝死亡的避讳说法。 2 以檄至府：送公文到都府。 3 左司谏：左右司谏均为谏诤政事缺失的官吏。 4 此二句意为：司马光得到这封书信，看完之后非常惊骇，竟然与他所忧虑之事完全契合。

陈瓘

陈瓘方赴召命，至阙，闻有中旨[1]，令三省[2]缴进前后臣僚章疏之降出者。瓘谓宰属谢圣藻曰："此必有奸人图盖己愆[3]而为此谋者。若尽进入，则异时是非变乱，省官何以自明？"因举蔡京上疏请灭刘挚等家族，乃妄言携剑入内欲斩王珪等数事。谢惊悚，即白时宰[4]，录副本于省中。其后京党欺诬盖抹之说不能尽行，由有此迹，不可泯也。

邹浩还朝，帝首及谏立后事，奖叹再三，询："谏草安在？"对曰："焚之矣。"退告陈瓘，瓘曰："祸其始此乎？异时奸人妄出一缄，则不可辨矣。"初，哲宗一子献愍太子茂[5]，昭怀刘氏为妃时所生，帝未有子，而中宫虚位，后因是得立，然才三月而夭。浩凡三谏立刘后，随削其稿。蔡京用事，素忌浩，乃使其党为伪疏，言："刘后杀卓氏而夺其子，欺人可也，讵可以欺天乎？"徽宗诏暴其事，遂再谪衡州别驾，寻窜昭州，果如言。

［述评］二事一局也。谢从之而免谗，邹违之而构诬。"人无远虑，必有近忧。"尤信！

徽宗初，欲革绍圣之弊以靖国，于是大开言路。众议以瑶华复位[6]、司马光等叙官[7]为所当先。陈瓘时在谏省，独以为："幽废母后、追贬故相，彼皆立名以行，非细故也。今欲正复，当先辨明诬罔，昭雪非辜，诛责造意之人，然后发诏，以礼行之，庶无后患，不宜欲速贻悔。"朝议以公论久郁，速欲取快人情，遽施行之。边批：无识者每坐此弊。至崇宁间，蔡京用事，悉改建中之政，人皆服公远识。

陈公在通州。张无垢商英入相，欲引公自助，时置政典局，乃自局中奉旨，取公所著《尊尧集》，盖将施行所论，而由局中用公也。公料其无成，书已缮写未发，州郡复奉政典局牒催促。公乃用奏状进表，以黄帕封缄，缴申政典局，乞于御前开拆。或谓公当径申局中，何必通书庙堂，公曰："恨不得直达御览，岂可复与书耶？彼为宰相，有所施为，不于三省公行，乃置局建官，若自私者，人将怀疑生忌，恐《尊尧》至而彼已动摇也，远其迹犹恐不免，况以书耶？"已而悉如公言。张既罢黜，公亦有台州之命，责词犹谓公"私送与张商英，意要行用[8]"，于是众人服公远识。

1 中旨：宫中传来旨意。 2 三省：指中书省、门下省、尚书省。 3 愆：过错。 4 即白时宰：向时任宰辅汇报此事。 5 献愍太子茂：赵茂，宋哲宗赵煦唯一的儿子，出生三个月之后夭折，谥献愍，故称献愍太子。 6 瑶华复位：让此前被废的孟皇后复位。瑶华指瑶华宫，皇后居住的宫殿。 7 叙官：重新授予职位。 8 行用：任用。

周宗　韩雍

烈祖镇建业日，义祖薨于广陵，致意将有奔丧之计，康王以下诸公子谓周宗曰："幸闻兄长家国多事，宜抑情损礼，无劳西渡也。"宗度王似非本意，坚请报简[1]，示信于烈祖。康王以匆遽为词，宗袖中出笔，复为左右取纸，得故茗纸帖[2]，乞手札。康王不获已而札曰："幸就东府举哀，多垒之秋，二兄无以奔丧为念也。"明年，烈祖朝觐广陵，康王及诸公子果执上手大恸，诬上不以临丧为意，诅让百端，冀动物听。上因出王所书以示之，王靦颜而已。

韩公雍旬宣[3]江右时，忽报宁府之弟某王至。公托疾，乞少需，边批：已猜着几分。密遣人驰召三司[4]，且索白木几。公匍匐拜迎。王入，具言兄叛状，公辞病聩莫听，请书。王索纸，左右舁几进，王详书其事而去。公上其事，朝廷遣使按，无迹。时王兄弟相欢，讳无言。使还，朝廷坐韩离间亲王罪，械以往。韩上木几亲书，方释。

1 此二句意为：周宗猜康王本意并非如此（说不让烈祖来奔丧），一定让康王写下亲笔信。 2 故茗纸帖：包茶叶的旧纸。 3 旬宣：按规矩每月定期巡视。 4 三司：按察使司、布政使司、都指挥使司的合称。

杨荣

王振谓杨士奇等曰："朝廷事亏三杨先生[1]，然三公亦高年倦勤[2]矣。其后当如何？"士奇曰："老臣当尽瘁报国，死而后已。"荣曰："先生休如此说，吾辈衰残，无以效力，行当择后生可任者以报圣恩耳。"振喜，翌日即荐曹鼐、苗衷、陈循、高谷等，遂次第擢用。士奇以荣当日发言之易。荣曰："彼厌吾辈矣，吾辈纵自立，彼其自已乎？一旦内中出片纸，命某人入阁，则吾辈束手而已。今四人竟是吾辈人，当一心协力也。”士奇服其言。

［述评］李彦和《见闻杂记》云：“言官论劾大臣，必须下功夫，看见眼前何人可代得。代者，必贤于去者，必有益于国家，方是忠于进言。若只做得这篇文字，打出自己名头，毫于国家无补，不如缄口不言，反于言责无损。”此亦可与杨公之论合看。

1 三杨先生：指杨士奇、杨荣、杨溥。 2 高年倦勤：年事已高，倦于政事辛劳，指即将退休。

薛季昶 徐谊

张柬之等既诛二张，迁武后，薛季昶曰：“二凶虽诛，产、禄[1]犹在。去草不除根，终当复生。”桓彦范曰：“三思机上肉耳，留为天子藉手。”[2]季昶叹曰：“吾无死所矣。”及三思乱政，范甚悔之。

赵汝愚先借韩侂胄力，通宫掖，立宁宗。事成，徐谊曰：“侂胄异时必为国患，宜饱其欲而远之。”叶適亦谓汝愚曰：“侂胄所望不过节钺[3]，宜与之。”朱熹曰：“汝愚宜以厚赏酬侂胄，勿令预政。”汝愚谓其易制，皆不听，止加侂胄防御使[4]。侂胄大怨望，遂构汝愚之祸。

［述评］武三思、韩侂胄，皆小人也。然三思有罪，故宜讨而除之；侂胄有功，故宜赏而远之。除三思，宜及迁武氏之时；远侂胄，宜及未得志之日，过此皆不可为矣。五王、汝愚皆自

恃其位望才力，可以凌驾而有余，而不知凶人手段更胜于豪杰。何者？此疏而彼密，此宽而彼狠也！忠谋不从，自贻伊戚[5]。悲夫！

1 产、禄：吕产、吕禄，西汉吕后的侄子，吕后专权时二人都是手握大权之人，此处用典借指武则天的侄子武三思。 2 此二句意为：武三思不过是案板上的肉，留给皇上练手吧。 3 节钺：符节、斧钺，均为皇帝授予军权的象征。 4 防御使：宋朝时期重文轻武，防御使属于职位较低的虚职。 5 伊戚：祸患。

刘晏

刘晏于扬子[1]置场造船，艘给千缗[2]。或言所用实不及半，请损之。晏曰："不然。论大计者不可惜小费，凡事必为永久之虑。今始置船场，执事者至多，当先使之私用无窘，则官物坚完矣。若遽与之屑屑较计，安能久行乎？异日必有减之者，减半以下犹可也，过此则不能运矣。"后五十年，有司果减其半。及咸通[3]中，有司计费而给之，无复羡余[4]，船益脆薄易坏，漕运遂废。边批：惜小妨大。

1 扬子：古津渡名，在今江苏扬州。 2 缗：一千钱用丝绳贯成一串称为一缗。 3 咸通：唐懿宗李漼年号。 4 羡余：多出的部分。

裴宽 李祐

裴宽尝为润州参军。时刺史韦诜为女择婿，未得。会休日登楼，见有所瘗[1]于后圃者。访其人，曰："此裴参军也。义不以苞苴[2]污家。适有人饷鹿脯，致而去，不敢自欺，故瘗之耳。”诜嗟异，遂妻以女。婚日，诜帏其女，使观之。[3]宽瘠而长，时衣碧，族人皆笑呼为“碧鹳”。诜曰：“爱其女，必以为贤公侯妻。可貌求人乎？”宽后历礼部尚书，有声。

李祐爵位既高，公卿多请婚其女，祐皆拒之。一日大会幕僚，言将纳婿。众谓必贵戚名族。及登宴，寂然。酒半，祐引末座一将，谓曰：“知君未婚，敢以小女为托。”即席成礼。他日或请其故，祐曰：“每见衣冠之家，缔婚大族。其子弟习于淫奢，多不令终，我以韬钤[4]致位，自求其偶。何必仰高以博虚望？”闻者以为卓识。

[述评]温公[5]云：“娶妇必不及吾家者，嫁女必胜吾家者。娶妇不及吾家，则知俭素；嫁女胜吾家，则知畏谨[5]。”时谓名言。观韦、李二公择婿，温公义犹未尽。

1瘗：埋藏。　2苞苴：行贿的财物。　3此三句意为：结婚那天，韦诜把女儿藏在帷帐后面，让她看看裴宽。这种做法在封建时代是有违礼制的。　4韬钤：《六韬》与《玉钤篇》的并称，后借指兵书谋略。　5温公：司马光，死后被追封为温国公。

孙叔敖

孙叔敖疾将死，戒其子曰：“王亟[1]封我矣，吾不受也。为我死，王则封汝。汝必无受利地[2]！楚、越之间有寝丘者，地不利而名甚恶[3]，楚人鬼而越人禨[4]，可长有者唯此也。”孙叔敖死，王果以美地封其子，子辞而不受，请寝丘。与之，至今不失。

1亟：屡次。 2利地：好地方。 3名甚恶：地名的寓意很差。寝丘的意思是埋死人的地方。 4禨：迷信鬼神。

范镇

范纯夫言：曩子弟赴官，有乞书于蜀公[1]者，蜀公不许，曰："仕宦不可广求人知，受恩多，难立朝[2]矣。"边批：味之无穷。

[述评]国朝刘忠宣公[3]有云："仕途勿广交，受人知。只如朋友，若三数人得力者，自可了一生。"呜呼，真老成练事之语！

1蜀公：范镇，封蜀郡公，故称。 2立朝：在朝中立足。3刘忠宣公：刘大夏，谥号"忠宣"。

东海钱翁

东海钱翁，以小家致富，欲卜居城中。或言："某房者，众已偿价七百金，将售矣，亟往图之。"翁阅房，竟以千金成券。子弟曰："此房业有成议，今骤增三百，得无溢乎？"翁笑曰："非尔所知也，吾侪小人，彼违众而售我，不稍溢，何以塞众口？且夫欲未餍者，争端未息。边批：此翁似闻道者。吾以千金而获七百之舍，彼之望既盈，而他人亦无利于吾屋，歌斯哭斯，从此为钱氏世业无患矣。"已而他居多以价亏求贴[1]，或转赎[2]，往往成讼，惟钱氏帖然。

1求贴：要求再支付其中的差价。 2转赎：毁约赎回房屋。

郭子仪

郭令公每见客，姬侍满前。乃闻卢杞至，悉屏去。诸子不解。公曰："杞貌陋，妇女见之，未必不笑。他日杞得志，我属无类[1]矣！"

[述评] 齐顷以妇人笑客，几至亡国。[2]令公防微之虑远矣。

王勉夫[3]云：《宁成传》末载，周阳由为郡守，汲黯、司马安俱在二千石列，未尝敢均茵[4]。司马安不足言也，汲长孺与大将军亢礼[5]，长揖丞相，面折九卿，矫矫风力，不肯为人下，至为周阳由所抑，何哉？周盖亡赖小人，其在二千石列，肆为骄暴，凌轹[6]同事，若无人焉。汲盖远之，非畏之也。异时河东太守胜屠公不堪其侵权，遂与之角，卒并就戮。玉石俱碎，可胜叹恨！士大夫不幸而与此辈同官，逊而避之，不失为厚，何苦与之较而自取辱哉！

1 无类：无遗类，无幸存者。 2 此二句意为：春秋时，晋国大夫郤克出使齐国，齐顷公的母亲在帷帐后面看到郤克驼背且一走一瘸，居然笑出声来。感到受辱的郤克回国后鼓动晋国伐齐，齐国大败。 3 王勉夫：王楙，字勉夫，著有《野客丛书》，下引文字出自该书。 4 此句《史记》作"同车未尝敢均茵伏"，意即不敢同坐一块座垫，同扶一条车轼。 5 亢礼：抗礼，以对等的礼节相待。 6 凌轹：欺压。

阿豺

吐谷浑阿豺疾[1]，有子二十人，召母弟慕利延曰："汝取一只箭折之。"慕利延折之。又曰："汝取十九箭折之。"慕利延不能折。阿豺曰："汝曹知乎？单者易折，众者难摧，戮力同心，然后社稷可固。"

［述评］周大封同姓，枝叶扶疏，相依至久。六朝猜忌，庇焉寻斧，覆亡相继。不谓夷狄中，乃有如此晓人！

1 吐谷浑：原为鲜卑慕容部的一支，西晋末建国。 阿豺：吐谷浑第九任国王。

通简卷三

世本无事，庸人自扰。惟通则简，冰消日皎。[1]集《通简》。

1 此二句意为：只有通达之人，遇事才能化繁为简，如同太阳一出来，冰就消融。

宋太宗

孔守正拜殿前都虞候。一日侍宴北园，守正大醉，与王荣论边功于驾前，忿争失仪。侍臣请以属吏[1]，上弗许。明日俱诣殿廷请罪，上曰："朕亦大醉，漫不复省。"

［述评］以狂药[2]饮人，而责其勿乱，难矣！托之同醉，而朝廷之体不失，且彼亦未尝不知警也。

1 请以属吏：请求将两人交由执法官吏发落。 2 狂药：指酒。

曹参

曹参被召[1]，将行，属其后相："以齐狱、市为寄[2]。"后相曰："治无大此者乎？"参曰："狱市所以并容也，今扰之，奸人何所容乎？"参既入相，一遵何约束，惟日夜饮醇酒，无所事事。宾客来者皆欲有言，至，则参辄饮以醇酒；间有言，又饮之，醉而后已，终莫能开说。惠帝怪参不治事，嘱其子中大夫窋[3]私以意叩之。窋以休沐归，谏参。参怒，笞之二百。帝让参曰："与窋何治乎？乃者吾使谏君耳。"参免冠谢曰："陛下自察圣武孰与高帝？"上曰："朕安敢望先帝？"又曰："视臣能孰与萧何？"帝曰："君似不及也。"参曰："陛下言是也。高帝与何定天下，法令既明。今陛下垂拱，参等守职，遵而勿失，不亦可乎？"帝曰："君休矣。"

[述评] 不是覆短，适以见长。

吏廨[4]邻相国园。群吏日欢呼饮酒，声达于外。左右幸相国游园中，闻而治之。参闻，乃布席取酒，亦欢呼相应。左右乃不复言。

[述评] 极绘太平之景，阴消近习[5]之谗。

1 召：征召。其时曹参任齐国宰相，被征召入朝为相。 2 此句意为：将齐国的狱讼和市场挂记在心上。 3 中大夫窋：曹窋，曹参的儿子，任职中大夫。 4 吏廨：丞相属吏办公的地方。 5 近习：身边亲近的人。

赵普　李沆　陆九渊

赵韩王普为相，置二大瓮于坐屏后，凡有人投利害文字，皆置其中，满即焚之于通衢[1]。

李文靖[2]曰："沆居相位，实无补万分；惟中外[2]所陈利害，一切报罢，聊以补国尔。今国家防制，纤悉具备，苟轻徇所陈，一一行之，所伤实多。佥人[3]苟一时之进，岂念民耶？"

陆象山云："往时充员敕局[4]，浮食是惭[5]。惟是四方奏请，廷臣面对，有所建置更革，多下看详[6]。其或书生贵游[7]，不谙民事，轻于献计，一旦施行，片纸之出，兆姓[8]蒙害。每与同官悉意论驳，朝廷清明，尝得寝罢。编摩之事，稽考之勤，何足当大官之膳[9]？庶几仅此可以偿万一耳！”

［述评］罗景纶曰：“古云：‘利不什，不变法’，此言更革建置之不可轻也。或疑若是则将坐视天下之弊而不之救欤？不知革弊以存法可也，因弊而变法不可也；不守法而弊生，岂法之生弊哉！韩、范之建明于庆历者，革弊以存法也。荆公之施行于熙宁者，因弊而变法也。一得一失，概可观矣。”

1 通衢：大马路。 2 中外：朝廷内外，指中央和地方。 3 佥人：小人。 4 充员敕局：陆九渊曾任职于敕令所。 5 浮食是惭：因吃白食而感到惭愧。 6 看详：仔细推敲。 7 书生：没有官职的读书人。 贵游：没有官职的王公子弟。 8 兆姓：百姓。 9 膳：此指俸禄。

诸葛亮

丞相既平南中[1]，皆即其渠率[2]而用之。或谏曰：“公天威所加，南人率服。然夷情叵测，今日服，明日复叛。宜乘其来降，立汉官分统其众，使归约束，渐染政教。十年之内，辫首可化为编氓[3]，此上计也。”公曰：“若立汉官，则当留兵，兵留则无所食，一不易也；夷新伤破，父兄死丧，立汉官而无兵者，必成祸患，二不易也；又夷累有废杀之罪[4]，自嫌衅重[5]，若立汉官，终不相信，三不易也。今吾不留兵，不运粮，而纲纪粗定，使夷汉相安足矣。”自是终亮之世，夷不复反。

［元］赵孟頫《诸葛亮像》（局部）

［唐］阎立本《步辇图》（局部）

［述评］《晋史》：桓温伐蜀，诸葛孔明小史犹存，时年一百七十岁。温问曰："诸葛公有何过人？"史对曰："亦未有过人处。"温便有自矜之色。史良久曰："但自诸葛公以后，便未见有妥当如公者。"温乃惭服。凡事只难得"妥当"，此二字，是孔明知己。

1 南中：蜀国以南，主要是少数民族聚居区。 2 渠率：当地酋长、首领。 3 此句意为：扎辫子的蛮人可转化成有户籍的百姓。 4 夷累有废杀之罪：夷人经常有废黜、杀害酋长的事。5 自嫌衅重：自然心有猜忌而隔阂很大。

高拱

隆庆中，贵州土官[1]安国亨、安智各起兵仇杀，抚臣以叛逆闻[2]。动兵征剿，弗获，且将成乱。新抚阮文中将行，谒高相拱。拱语曰："安国亨本为群奸拨置[3]，仇杀安信，致信母疏穷、兄安智怀恨报复。其交恶互讦，总出仇口，难凭。抚台偏信智，故国亨疑畏，不服拘提，而遂奏以叛逆。夫叛逆者，谓敢犯朝廷，今夷族自相仇杀，于朝廷何与？纵拘提不出，亦只违拗而已，乃遂奏轻兵掩杀，夷民肯束手就戮乎？虽各有残伤，亦未闻国亨有领兵拒战之迹也。而必以叛逆主之[4]，甚矣！人臣务为欺蔽者，地方有事，匿不以闻。乃生事幸功[5]者，又以小为大，以虚为实。始则甚言之，以为邀功张本；终则激成之，以实[6]己之前说，是岂为国之忠乎！边批：说尽时弊。君廉得其实，宜虚心平气处之，去其叛逆之名，而止正其仇杀与夫违拗之罪，则彼必出身听理；一出身听理，而不叛之情自明，乃是止坐以本罪，当无不服。斯国法之正，天理之公也。今之仕者，每好于前官事务有增加，以见风采。此乃小丈夫事，非有道所为，君其勉之！”

阮至贵密访，果如拱言。乃开以五事：一责令国亨献出拨置人犯；一照夷俗令赔偿安信等人命；一令分地安插疏穷母子；一削夺宣慰职衔，与伊男权替；[7]一从重罚以惩其恶。而国亨见安智居省中，益疑畏，恐军门诱而杀之，边批：真情。拥兵如故，终不赴勘，而上疏辨冤。阮狃于浮议[8]，复上疏请剿，拱念剿则非计，不剿则损威，乃授意于兵部，题覆得请，以吏科给事[9]贾三近往勘。边批：赖有此活法。

国亨闻科官奉命来勘，喜曰："吾系听勘人，军门必不敢杀我，我乃可以自明矣。"于是出群奸而赴省听审，五事皆如命，愿罚银三万五千两自赎。安智犹不从，阮治其用事拨置之人，始伏。智亦革管事，随母安插。科官未至，而事已定矣。

［述评］国家于土司，以戎索羁縻之耳[10]，原与内地不同。彼世享富贵，无故思叛，理必不然。皆当事者或浚削[11]，或慢残[12]，或处置失当，激而成之。反尚可原，况未必反乎？如安国亨一事，若非高中玄力为主持，势必用兵；即使幸而获捷，而竭数省之兵粮，以胜一自相仇杀之夷人，甚无谓也。呜呼！前事不忘，后事之师。吾今日安得不思中玄乎！

1 土官：土司。 2 抚臣：当地巡抚。 闻：向上级报告。3 拨置：挑拨。 4 以叛逆主之：以叛逆罪定罪。 5 幸功：希图侥幸立功。 6 实：坐实。 7 宣慰职衔：宣慰使为土司能获得的最高武官职位。 权替：继承权。 8 狃于浮议：被舆论所迫。 9 吏科给事：稽查衙门政务的官员。10 戎索：少数民族的风俗习惯。 羁縻：笼络。 11 当事者：当地主事官员。

浚削：搜刮，剥削。 12 慢残：轻慢，残害。

龚遂

宣帝时，渤海左右郡岁饥，盗起，二千石不能制。上选能治者，丞相、御史举龚遂可用，上以为[1]渤海太守。时遂年七十岁，召见，形貌短小，不副所闻。边批：年貌俱不可以定人。上心轻之，问："息盗何策？"遂对曰："海濒辽远，不沾圣化，其民困于饥寒而吏不恤，故使陛下赤子盗弄陛下之兵于潢池中耳[2]。今欲使臣胜之耶，将安之也？"上改容曰："选用贤良，固将安之。"遂曰："臣闻治乱民如治乱绳，不可急也。臣愿丞相、御史且无拘臣以文法，得一切便宜从事。"上许焉，遣乘传[3]至渤海界。郡闻新太守至，发兵以迎，遂皆遣还，移书敕属县："悉罢逐捕盗贼吏；诸持锄钩、田器者皆为良民，吏毋得问；持兵者乃为盗贼。"遂单车独行至府。盗贼闻遂教令，即时解散，弃其兵弩而持钩、锄。

[述评]汉制，太守皆专制一郡，生杀在手，而龚遂犹云"愿丞相、御史无拘臣以文法"。况后世十羊九牧[4]，欲冀卓异之政，能乎？

古之良吏，化有事为无事，化大事为小事，蕲[5]于为朝廷安民而已。今则不然，无事弄做有事，小事弄做大事，事生不以为罪，事定反以为功。人心脊脊[6]思乱，谁之过与？

1 以为：将他任命为。 2 赤子：比喻百姓。 潢池：小水池，指渤海。 3 乘传：乘坐驿车。 4 十羊九牧：十只羊有九个牧羊人，指官员太多。 5 蕲：渴望，渴求。 6 脊脊：混乱。

韩褒

周文帝宇文泰时，韩褒为北雍州刺史。州多盗，褒至，密访之，并州中豪右[1]也。褒阳不知，并加礼遇，边批：如愚而后可以用之。谓曰："刺史书生，安知督盗？所赖卿等共分其忧耳。"乃悉召桀黠少年，尽署主帅，与分地界，盗发不获，即以故纵论。于是诸被署者皆惶惧首伏，曰："前盗实某某。"具列姓名。褒因取名簿藏之，边批：更妙。榜州门曰："凡盗，可急来首；尽今月不首者，显戮之，籍[2]其妻子，以赏前首者。"于是旬月间盗悉出首。褒取簿质对，不爽[3]，并原其罪，许自新，由是群盗屏息。

1 豪右：豪族。豪强大姓又称"右姓"。此处意指盗匪与豪强相勾结。 2 籍：罚没。 3 不爽：不错，全都对上了。

李允则

李允则尝宴军，而甲仗库火。允则作乐饮酒不辍。少顷火息，密遣吏持檄瀛州，以茗笼[1]运器甲。不浃旬[2]，军器完足，人无知者。枢密院请劾不救火状，真宗曰："允则必有谓，姑诘[3]之。"对曰："兵械所藏，儆火甚严。方宴而焚，必奸人所为。若舍宴救火，事当不测。"

［述评］祥符末，内帑[4]灾，缣帛几罄。三司使林特请和市于河外[5]。章三上，王旦在中书悉抑之。徐曰："琐微之帛，固应自至，奈何彰困弱于四方？"居数日，外贡骈集，受帛四百万，盖旦先以密符督之[6]也。允则茗笼运甲，亦此意。

1茗笼：装茶叶的篓子。 2不浃旬：不到十天。 3诘：询问，质问。 4内帑：宫内储存皇室用品的仓库。 5和市：边境贸易。 河外：黄河以外，指西夏国。 6以密符督之：暗中写信催促进贡。

文彦博

文潞公知成都，尝于大雪会客，夜久不罢。从卒有谇语[1]，共拆井亭烧以御寒。军校白之，座客股栗。公徐曰："天实寒，可拆与之。"边批：落得做人情。神色自若，饮宴如故。卒气沮，无以为变[2]。明日乃究问先拆者，杖而遣之。

[述评]气犹火也，挑之则发，去其薪则自熄，可以弭乱，可以息争。

苏轼通判密郡，有盗发而未获。安抚使[3]遣三班使臣领悍卒数十人入境捕之，卒凶暴恣行，以禁物诬民，强入其家争斗。至杀人，畏罪惊散。民诉于轼，轼投其书不视，曰："必不至此。"悍卒闻之，颇用自安[4]。轼徐使人招出戮之。遇事须有此镇定力量，然识不到，则力不足。

1谇语：怨言，牢骚话。 2无以为变：找不出由头生事造反。 3安抚使：古代由中央派遣到地方处理事务的官员，宋代时安抚使主要负责赈灾与用兵。 4颇用自安：觉得放心了。

张辽

张辽受曹公命屯长社。临发，军中有谋反者，夜惊乱火起，一军尽扰。辽谓左右曰："勿动！是不一营尽反，必有造变者，欲以动乱人耳。”乃令军中曰：“不反者安坐。”辽将亲兵数十人中阵而立，有顷，即得首谋者，杀之。

［述评］周亚夫将兵讨七国[1]，军中尝夜惊。亚夫坚卧不起，顷之自定。

吴汉为大司马[2]，尝有寇夜攻汉营，军中惊扰，汉坚卧不动，军中闻汉不动，皆还按部，汉乃选精兵夜击，大破之。

此皆以静制动之术，然非纪律素严，虽欲不动，不可得也。

1 此句指汉景帝时期，吴、楚等七国造反，周亚夫带兵平定之事。 2 大司马：古时官名，是朝廷中专司武职的最高长官的称呼，相当于现在的总司令。

林兴祖

林兴祖，初同知[1]黄岩州事，三迁而知铅山州。铅山素多造伪钞者，豪民吴友文为之魁[2]，远至江、淮、燕、蓟，莫不行使。友文奸黠悍鸷，因伪造致富，乃分遣恶少四五十人为吏于有司，伺有欲告之者，辄先事戕之。前后杀人甚众，夺人妻女十一人为妾，民罹其害，衔冤不敢诉者十余年。兴祖至官，曰：“此害不除，何以救民？”即张榜禁伪造者，且立赏募民首告。俄有告者至，佯以不实斥去，边批：须得实乃服。又以告，获伪造二人并赃者，乃鞫之。款成[3]，友文自至官为之营救，边批：若捕之便费力。兴祖命并执之。须臾来诉友文者百余人，择其重罪一二事鞫之，狱立具。边批：若事事推究，辨端既多，反足纾死，得一二事已足。逮捕其党，悉置之法，民赖以安。

［述评］始以缓而致之，终以速而毙之。除凶恶须得此深心辣手。

1同知：副职。 2魁：首领，头目。 3款成：案子查实定罪之后。

李封

唐李封为延陵令，吏人有罪，不加杖罚，但令裹碧头巾[1]以辱之。随所犯轻重，以日数为等级，日满乃释。著此服出入者以为大耻，皆相劝励，无敢犯。赋税尝先诸县。竟去官[2]，不捶一人。

1碧头巾：绿头巾。 2竟去官：到离职为止。

耿定向

耿楚侗定向官南都[1]。有士人为恶僧侮辱，以告公，白所司治之，其僧逋[2]。公意第迸逐[3]，不令复系籍本寺。士人心不释然，必欲捕而枷之。边批：士多尚气，我决不可以气佐之。公晓之曰："良知[4]何广大，奈何着一破赖和尚往来其中哉？"士人退语人曰："惩治恶僧，非良知耶？"或以告公，公曰："此言固是。乃余其难其慎若此，胸中盖三转[5]矣。其一谓志学者，即应犯不较、逆不难，不然落乡人臼矣，此名谊心也。又谓法司用刑，自有条格，如此类法不应枷，此则格式心也。又闻此僧凶恶，虑有意外之虞，故不肯为已甚，此又利害心也。余之良知乃转折如此。"嗣姜宗伯庇所厚善者，处之少平，大腾物议。[6]又承恩寺有僧为礼部枷之致毙，竟构大讼。公闻之，谓李士龙曰："余前三转折良心不更妙耶？"边批：惟转折乃成通简。

［述评］凡治小人，不可为已甚。天地间有阳必有阴，有君

子必有小人，此亦自然之理。能容小人，方成君子。

1 南都：明朝称南京为南都。 2 遁：逃跑。 3 第：只是。 迸逐：驱逐。 4 良知：此处指王阳明哲学的核心概念，一种天赋的道德观念。 5 三转：即后面所说的三层顾虑。 6 宗伯：官名，明朝时指礼部尚书。 物议：众人的批评。

裴度

公在中书[1]，左右忽白以失印，公怡然，戒勿言。方张筵举乐，人不晓其故。夜半宴酣，左右复白印存，公亦不答，极欢而罢。或问其故，公曰："胥吏辈盗印书券，缓之则复还故处，急之则投水火，不可复得矣。"

[述评]不是矫情镇物，真是透顶光明，故曰"智量"，智不足，量不大。

1 公在中书：裴度在中书省任职的时候。

郭子仪

汾阳王宅在亲仁里，大启其第，任人出入不问。麾下将吏出镇[1]来辞，王夫人及爱女方临妆，令持帨[2]汲水，役之不异仆隶。他日子弟列谏，不听，继之以泣，曰："大人功业隆赫，而不自崇重，贵贱皆游卧内，某等以为虽伊、霍不当如此。"公笑谓曰："尔曹固非所料。且吾马食官粟者五百匹，官饩者一千人，进无所往，退无所据。向使崇垣扃户，不通内外，一怨将起，构以不臣，其有贪功害能之徒成就其事，则九族齑粉，噬脐莫追。今荡荡无间，四门洞开，虽谗毁欲兴，无所加也！"诸子拜服。

［述评］德宗以山陵近[3]，禁屠宰。郭子仪之隶人犯禁，金吾将军裴谞奏之。或谓曰："君独不为郭公地[4]乎？"谞曰："此乃所以为之地也。郭公望重，上新即位，必谓党附者众，故我发其小过，以明郭公之不足畏，不亦可乎？"若谞者，可谓郭公之益友矣。

看郭汾阳，觉王翦、萧何家数便小。王、萧事见《委蛇部》。

鱼朝恩阴使人发郭氏墓，盗未得。子仪自泾阳来朝，帝唁之，即号泣曰："臣久主兵，不能禁士残人之墓。人今亦发先臣墓，此天谴，非人患也！"朝恩又尝修具[5]邀公，或言将不利公，其下愿裹甲以从。子仪不许，但以家僮数人往。朝恩曰："何车骑之寡？"子仪告以所闻。朝恩惶恐曰："非公长者，得无致疑。"

［述评］精于黄老之术，虽朝恩亦不得不为盛德所化矣。君子不幸而遇小人，切不可与一般见识。

1 出镇：外放到藩镇。　2 帨：巾帕。　3 山陵近：皇帝接近驾崩了。　4 地：留余地，留面子。　5 修具：准备宴席。

鞠真卿

鞠真卿守润州。民有斗殴者，本罪之外，别令先殴者出钱以与后应者。小人靳财，兼以不愤输钱于敌人，其后终日纷争，相视无敢先下手者。

［述评］金坛王石屏都[1]初任建宁令，谒府，府谓曰："县多骡夫，难治，好为之。"王唯之，然不知"骡夫"何物。讯之，即吴下打行天罡[2]之类，大家必畜数人，讼无曲直，挺斗为胜，

若小民直气凌之矣。王出示严禁，凡讼有相斗，必恕被打者而加责打人者。民间以打人为戒，骡夫无所用之。期月，此风遂息。此亦鞠公之智也。

1金坛王石屏都：王都，字子京，石屏应为号，金坛人。
2打行天罡：家中豢养的打手，出卖拳脚的人。

赵豫

赵豫为松江府太守。每见讼者非急事，则谕之曰："明日来。"始皆笑之，故有"松江太守明日来"之谣。不知讼者来，一时之忿，经宿气平，或众为譬解，因而息者多矣。比之钩距致人而自为名者，其所存何啻霄壤？[1]

［述评］李若谷教一门人云："清勤和缓。"门人曰："清、勤、和，则既闻命矣，缓安可为也？"李公云："天下甚事不自忙里错的？""明日来"一语，不但自不错，并欲救人之错。按：是时周侍郎忱为巡抚。凡有经画[2]，必与赵豫议之。意亦取其详审乎？

陆子静九渊知荆门军。尝夜与僚属坐，吏白老者诉甚急，呼问之，体战，言不可解；俾吏状之，谓其子为群卒所杀。陆判"翌日至"。僚属怪之。陆曰："子安知不在？"凌晨追究，其子盖无恙也。此亦能缓之效。

然唯能勤而后能缓；不然，则废事耳。

1钩距致人：罗织罪名将人关押起来。　何啻：何止。　2经画：筹措事情。

程卓

休宁程从元卓守嘉兴时，或伪为倅厅印纸[1]，与奸民为市，以充契券之用。流布既广，吏因事觉，视为奇货，谓无真伪，当历加追验，边批：其言易入。则所得可裨郡计不少，公曰："此不过伪造者罪耳，若一一验之，编民并扰；边批：透顶光明要着。吾以安民为先，利非所急也。"乃喻民有误买者，许自陈，立与换印。陈者毕至，一郡晏然。

1 或伪为倅厅印纸：有人伪造官方空白文书。

牛弘

奇章公牛弘有弟弼，好酒而酗。尝醉，射杀弘驾车牛。弘还宅，妻迎谓曰："叔射杀牛。"弘直答曰："可作脯。"

［述评］冷然一语，扫却妇人将来多少唇舌！睦伦者[1]当以为法。

1 睦伦者：希望家庭和睦的人。

迎刃卷四

危峦前厄，洪波后沸；人皆棘手，我独掉臂[1]。动于万全，出于不意；游刃有余，庖丁之技。集《迎刃》。

1 掉臂：甩手抱臂，等闲视之。

严可求

烈祖辅吴[1]，四方多垒，虽一骑一卒，必加姑息。然群校多从禽[2]，聚饮近野，或骚扰民庶。上欲纠之以法，而方借其材力，思得酌中之计，问于严可求。求曰："无烦绳之，易绝耳。请敕泰兴、海盐诸县，罢采鹰鹯，可不令而止。"烈祖从其计，期月之间，禁校无复游墟落者。《南唐近事》

1 烈祖辅吴：南唐烈祖李昇原名徐知诰，是南吴国大将徐温的养子，曾为南吴国主持政务。 2 从禽：放纵猎鹰。从，同"纵"。

秦桧

建炎初[1]，虏使讲和，云："使来，必须百官郊迎其书。"在廷失色。秦桧恬不为意，尽遣部省吏人迎之。朝见，使人必要褥位[2]。此非臣子之礼。是日，桧令朝见，殿廷之内皆以紫幕铺满[3]，北人无辞而退。

1建炎初：时间有误，建炎仅有四年，秦桧建炎四年（1130）才从金国被放回。 2褥位：座位上铺上毯子。 3紫幕：紫色的幕布。紫色不是正色，紫幕使得接待金人使者的场面变得非正式。

吴时来

嘉靖时，倭夷发难，郎、土诸路兵援[1]至。吴总臣[2]计犒逾时[3]，众大噪。及至松江，抚臣属推官吴时来除备[4]。时来度水道所由，就福田禅林外立营，令土官以兵至者，各署部伍，舟人导之入，以次受犒[5]，惠均而费不冗，诸营帖然。客兵素犷悍，剽掠即不异寇。时来用赞画者言，为好语结其酋长，缚治之，迄终事无敢犯者。

按：时来在松御倭，历有奇绩。寇势逼甚，士女趋保于城者万计。或议闭关拒之，时来悉纵入择闲旷地舍之。又城隘民众，壅污蒸而为疫。时来乃四启水关，使输薪谷者，因其归舟载秽滞以出。明年四月，寇猝至攻城，雨甚，城崩西南隅十余丈，人情汹汹。时来尽撤屯戍，第以强弩数十扼其冲。总臣以为危，时来曰："淖泞[6]彼安能登？"果无恙。时内徙之民薄城[7]而居，类以苫盖[8]，时来虑为火箭所及，亟撤之而阴识其姓名于屋材，夜选卒运之城外，以为木栅，捍[9]修城者。卒皆股栗不前，时来首驰一骑出南门，众皆从之，平明栅毕，三日而城完。复以为栅材还为民屋，则固向所识也。贼知有备，北走，时来建议决震泽水，断松陵道。贼至平望，阻水不得进，我兵尾而击之，斩首三千余，溺死无算。此公文武全才，故备载之。

1郎、土诸路兵援：当地少数民族军队组成的援兵。 2吴总臣：苏州总兵，当时为俞大猷。 3计犒逾时：逾期未能发放军饷与犒赏。 4除备：准备接待工作。 5以次受犒：（按照土著军队到达的时间）依次给予犒赏。 6淖泞：泥泞。 7薄城：靠近城墙。 8苫盖：用茅草封顶。 9捍：保护。

陈希亮 苏轼 章纶 姚夔

于阗[1]使者入朝，过秦州，经略使以客礼享之。使者骄甚，留月余，坏传舍[2]什器，纵其徒入市掠饮食，民户皆昼闭。希亮闻之，曰："吾尝主契丹使，得其情。使者初不敢暴横，皆译者教之。边批：实患此病。吾痛绳以法，译者惧，其使不敢动矣！况此小国乎？"乃使教练使持符告译者曰："入吾境有秋毫不如法，吾且斩若！"取军令状以还。使者至，罗拜庭下。希亮命坐两廊，饮食之，护出其境，无一人哗者。

高丽入贡，使者凌蔑州郡。押伴使臣皆本路管库[3]，乘势骄横，至与钤辖亢礼。时苏轼通判杭州，使人谓之曰："远夷慕化而来，理必恭顺。今乃尔暴恣，非汝导之不至是。不悛[4]，当奏之！"押伴者惧，为之小戢。使者发币于官吏，书称甲子[5]，公却之，曰："高丽于本朝称臣而不禀正朔，吾安敢受？"使者亟易书称熙宁，然后受之。

国朝北虏也先，杀其主脱脱不花，自称大元田盛大可汗，遣使入贡。上命群臣议所以称之者。礼部郎中章纶言："可汗，乃戎狄极尊之号，今以号也先则非宜。若止称太师，恐虏酋惭忿，犯我边邮。宜因其部落旧号，称为瓦剌王，庶几得体。"从之。

大同猫儿庄，本北虏入贡正路。成化初，虏使有从他路入者，边批：例不可开。上因守臣之奏，许之。礼部姚文敏公夔奏请宴赏一切杀礼[6]。虏使不悦。姚谕之云："故事迤北使臣进贡，俱从正路，朝廷有大礼相待。边批：贡从正道，亦所以示他国之威耳，姚公大有深意。今尔从小路来，疑非迤北头目，故只同他处使臣。"虏使不复有言。

［述评］四公皆得驭夷之体。

1 于阗：西域古国。 2 传舍：驿站。 3 本路管库：主管高丽进贡道路的管理官。 4 悛：悔改。 5 书称甲子：以甲子纪年，而不是按照宋朝的年号，表示自己和宋朝地位相当。 6 杀礼：减省礼仪。

于谦

永乐间，降虏多安置河间、东昌等处，生养蕃息，骄悍不驯。方也先入寇时，皆将乘机骚动，几至变乱。至是发兵征湖、贵及广东、西诸处寇盗。于肃愍奏遣其有名号者[1]，厚与赏犒，随军征进。事平，遂奏留于彼。于是数十年积患，一旦潜消。

［述评］用郭钦徙戎之策而使戎不知，真大作用。

1 于肃愍：于谦，谥"肃愍"。 有名号者：指首领。

刘坦

坦为长沙太守，行湘州事。适王僧粲谋反，湘部诸郡蜂起应之。而前镇军钟玄绍者潜谋内应，将克日起。坦侦知之，佯为不省，如常理讼。至夜，故[1]开城门以疑之。玄绍不敢发。明旦诣坦问故，坦久留与语，而密遣亲兵收其家书。边批：已知确有其书，故收示以塞其口，非漫遣也。玄绍尚在坐，收兵还，具得其文书本末，因出以质绍。绍首伏，即斩之，而焚其书，以安余党，州部遂安。

1 故：故意。

吕夷简

西鄙用兵，大将刘平战死。议者以朝廷委宦者监军，主帅节制有不得专者，故平失利。诏诛监军黄德和，或请罢诸帅监军。仁宗以问吕夷简，夷简对曰："不必罢。但择谨厚者为之。"仁宗委夷简择之。对曰："臣待罪宰相，不当与中贵[1]私交，何由知其贤否？愿诏都知、押班[2]，但举有不称者，与同罪。"仁宗从之。翼日，都知叩头乞罢诸监军宦官。士大夫嘉夷简之有谋。

［述评］杀一监军，他监军故在也；自我罢之，异日有失事，彼借为口实，不若使自请罢之为便。文穆[3]称其有宰相才，良然。惜其有才而无度，如忌富弼，忌李迪，皆中之以小人之智，方之古大臣，邈矣！

李迪与夷简同相，迪尝有所规画，吕觉其胜，或告曰："李子柬之虑事，过于其父。"夷简因语迪曰："公子柬之才可大用。"边批：奸！即奏除两浙提刑，迪父子皆喜。迪既失柬，事多遗忘，因免去，方知为吕所卖。

1 中贵：有权势的宦官。 2 都知、押班：宋代宦官机构内侍省的职官名。 3文穆：吕蒙正，谥“文穆”，吕夷简之叔。

王守仁

阳明既擒逆濠[1]，囚于浙省。时武庙南幸，驻跸留都。中官[2]诱令阳明释濠还江西，俟圣驾亲征擒获，边批：此何事，乃可戏乎？差二中贵至浙省谕旨。阳明责中官具领状，中官惧，事遂寝。

[述评]杨继宗知嘉兴日，内臣往来，百方索赂，宗曰：“诺。”出牒取库金，送与太监买布绢入馈，因索印券附卷案，以便他日磨勘[3]，内臣咋舌不敢受。事亦类此。

江彬等忌守仁功，流言谓“守仁始与濠同谋，已闻天兵下征，乃擒濠自脱”，欲并擒守仁自为功。边批：天理人心何在？守仁与张永计，谓“将顺天意，犹可挽回万一；苟逆而抗之，徒激群小之怒”，乃以濠付永，再上捷音，归功总督军门，以止上江西之行，而称病净慈寺。永归，极称守仁之忠及让功避祸之意，上悟，乃免。

[述评]阳明于宁藩一事，至今犹有疑者。因宸濠密书至京，欲用其私人为巡抚，书中有“王守仁亦可”之语，不知此语有故。因阳明平日不露圭角[4]，未尝显与濠忤。濠但慕阳明之才而未知其心，故犹冀招而用之，与阳明何与焉？当阳明差汀赣巡抚时，汀赣尚未用兵，阳明即上疏言：“臣据江西上流，江西连岁盗起，乞假臣提督军务之权，以便行事。”而大司马王晋溪覆奏：“给与旗牌[5]，大小贼情，悉听王某随机抚剿。”阳明又取道于丰城，盖此时逆濠反形已具，二公潜为之计，庙堂方略，已预定矣。濠既反，地方上变告，犹不敢斥言，止称“宁府”。边批：观望可

耻。独阳明疏闻称"宸濠"，即此便见阳明心事。

1 逆濠：起兵造反的朱宸濠。 2 中官：宦官。 3 磨勘：评判官员政绩的考核。 4 圭角：玉器的棱角，比喻君子的锋芒。5 旗牌：指挥军队的凭证。

朱胜非

苗、刘之乱[1]，勤王兵向阙。朱忠靖胜非从中调护，六龙反正。有诏以二凶为淮南两路制置使[2]，令将部曲之任。时朝廷幸其速去，其党张达为画计，使请铁券[3]，既朝辞，遂造堂袖札以恳。忠靖顾吏取笔，判奏行给赐，令所属检详故事，如法制造。二凶大喜。明日将朝，郎官[4]傅宿扣漏院白急事，速命延入。宿曰："昨得堂帖[5]，给赐二将铁券，此非常之典，今可行乎？"忠靖取所持帖，顾执政秉烛同阅。忽顾问曰："检详故事，曾检得否？"曰："无可检。"又问："如法制造，其法如何？"曰："不知。"又曰："如此可给乎？"执政皆笑，宿亦笑，曰："已得之矣。"遂退。

［述评］妙在不拒而自止。若腐儒，必出一段道理相格，激成小人之怒；怒而惧，即破例奉之不辞矣！

1 苗、刘之乱：南宋建炎三年（1129），苗傅、刘正彦叛变。2 制置使：掌管经画边境军旅之事的官员。 3 铁券：免死铁券。4 郎官：掌管更值、宿卫的官吏。 5 堂帖：相府发放的文件。

李泌

唐因河陇没于吐蕃[1]，自天宝[2]以来，安西、北庭奏事，及西域使人在长安者，归路既绝，人马皆仰给鸿胪[3]。礼宾委府县供之，度支不时付直，长安市肆，不胜其弊。李泌知胡客留长安久者或四十余年，皆有妻子，买田宅，举质取利甚厚。乃命检括胡客有田宅者，得四千人，皆停其给。胡客皆诣政府告诉，泌曰：“此皆从来宰相之过，岂有外国朝贡使者留京师数十年不听归乎？边批：妙甚。今当假道于回纥，或自海道，各遣归国，有不愿者，当令鸿胪自陈，授以职位，给俸禄为唐臣。人生当及时展用[4]，岂可终身客死耶？边批：又好言以慰之。于是胡客无一人愿归者。泌皆分领神策两军，王子使者为散兵马使或押衙，余皆为卒，禁旅[5]益壮。边批：一举两得。鸿胪所给胡客才十余人，岁省度支钱五十万。

1 河陇没于吐蕃：陇西黄河一带被吐蕃侵占。 2 天宝：唐玄宗年号。 3 鸿胪：鸿胪寺，掌管接待外国使者及相关礼仪。4 展用：施展抱负。 5 禁旅：禁军。

范槚

景藩役兴[1]，王舟涉淮。从彭城达于宝应，供顿[2]千里，舳舻万余艘，兵卫夹途，锦缆而牵者五万人。两淮各除道[3]五丈，直民庐[4]辄撤之。槚傍庐置敝舡[5]，覆土板上，边批，奇想。望如平地，居者以安。时诸郡括丁夫俟役，呼召甚棘。槚略不为储待，漕抚大忧之，召为语，槚谩曰：“明公在，何虑耶？”漕抚怫然曰：“乃欲委罪于我，我一老夫，何济？”曰：“非敢然也，独仰明公，斯易集耳。”[6]曰：“奈何？”槚曰：“今王舡方出，粮舡必不敢入闸，比次坐候，日费为难，今以旗甲守舡，而用其十人为夫，彼利得僦直[7]，趋役必喜，第须一纸牌耳[8]！”曰：

"如不足何？"曰："今凤阳以夫数万协济于徐，役毕必道淮而反，若乘归途之便，资而役之，无不乐应者，则数具矣。"都御史大喜称服。槚进曰："然而无用也。"复愕然起曰："何故？"曰："方今上流蓄水，以济王舟。比入黄，则各闸皆泄，势若建瓴，安用众为？"曰："是固然矣，彼肯恬然自去乎？"曰："更计之，公勿忧。"都御史叹曰："君有心计，吾不能及也！"

先是光禄寺[9]札沿途郡县具王膳，食品珍异，每顿直数千两。槚袖《大明会典》边批：所持者正。争于抚院曰："王舟所过州县，止供鸡鹅柴炭，此明证也，且光禄备万方玉食以办，此穷州僻县，何缘应奉乎？"抚按然之，为咨礼部。部更奏，令第具膳直。王每顿二十两，妃十两，省供费巨万计。边批，具直则宵小无所容其诈矣。比至，槚遣人持锭金逆于途，遗王左右曰："水悍难泊，惟留意。"于是王舟皆穷日行[10]，水漂疾如激箭。三泊[11]，供止千三百。比至仪真，而一夕五万矣。

［述评］多少难题目，到此公手，便是一篇绝好文字。

1 景藩役兴：景王朱载圳征调徭役。 2 供顿：提供饭食。 3 除道：为迎接皇帝而扫清、开辟道路。 4 民庐：老百姓的房子。 5 敝舡：破船。 6 独仰明公，斯易集耳：只有仰仗大人您，才更容易召集民役。 7 僦直：佣金，酬劳。 8 第须一纸牌耳：只需要一纸命令。 9 光禄寺：掌管膳食、祭祀、朝会、宴饮的机构。 10 穷日行：整天航行。 11 三泊：三次停泊。

明智部第二

明智部总序

冯子曰："自有宇宙以来，只争'明''暗'二字而已。混沌暗而开辟明，乱世暗而治朝明，小人暗而君子明；水不明则腐，镜不明则锢[1]，人不明则堕于云雾。今夫烛腹[2]极照，不过半砖，朱曦[3]霄驾，洞彻八海；又况夫以夜为昼，盲人瞎马，侥幸深溪之不陨也，得乎？故夫暗者之未然，皆明者之已事；暗者之梦景，皆明者之醒心；暗者之歧途，皆明者之定局。由是可以知人之所不能知，而断人之所不能断，害以之避，利以之集，名以之成，事以之立。明之不可已也如是，而其目为《知微》，为《亿中》，为《剖疑》，为《经务》。吁！明至于能经务也，斯无恶于智矣！

1锢：铜镜因生锈而变得模糊。 2烛腹：萤火虫。 3朱曦：太阳。

知微卷五

圣无死地，贤无败局；缝祸于渺，迎祥于独；[1]彼昏是违，伏机自触。[2]集《知微》。

1 此二句意：在灾难刚露苗头的时候就给予弥补，独自一人感受吉祥的征兆。 2 此二句意：要是不能及时察觉到祸患，就会触动隐藏的弩机，造成伤害。

箕子

纣初立，始为象箸[1]。箕子叹曰："彼为象箸，必不盛以土簋[2]，将作犀玉之杯。玉杯象箸，必不羹藜藿[3]，衣短褐[4]，而舍于茅茨之下，则锦衣九重，高台广室。称此以求，天下不足矣！远方珍怪之物，舆马宫室之渐，自此而始，故吾畏其卒也！"未几，造鹿台，为琼室玉门，狗马奇物充牣其中，酒池肉林，宫中九市[5]，而百姓皆叛。

1 象箸：象牙筷子。 2 土簋：陶土做的盛器。 3 不羹藜藿：不吃粗糙简单的食物。藜藿，野菜。 4 短褐：粗布衣服。5 宫中九市：在皇宫内建造市场。

何曾

何曾，字颖考，常侍武帝宴，退语诸子曰："主上创业垂统，而吾每宴，乃未闻经国远图，惟说平生常事，后嗣其殆乎？及身而已[1]，此子孙之忧也！汝等犹可获没[2]。”指诸孙曰：“此辈必及于乱！”及绥被诛于东海王越，嵩哭曰：“吾祖其大圣乎？”嵩、绥皆邵子，曾之孙也。

1 及身而已：皇帝的基业恐怕也就能维持晋武帝司马炎本人这一代了。 2 获没：得以善终。

臧孙子

齐攻宋，宋使臧孙子南求救于荆。荆王大悦，许救之，甚欢。臧孙子忧而反，其御曰：“索救而得，子有忧色，何也？”臧孙子曰：“宋小而齐大，夫救小宋而患于大齐，此人之所以忧也。而荆王悦，必以坚我[1]也。我坚而齐敝，荆之所利也。”臧孙子归，齐拔五城于宋，而荆救不至。

1 坚我：让我方铁了心去坚守。

夏翁　尤翁

夏翁，江阴巨族，尝舟行过市桥。一人担粪，倾入其舟，溅及翁衣。其人旧识也。僮辈怒，欲殴之。翁曰：“此出不知耳。知我宁肯相犯？”因好语遣之。及归，阅债籍，此人乃负三十金无偿，欲因以求死。翁为之折券。

长洲尤翁开钱典，岁底，闻外哄声，出视，则邻人也。司典者前诉曰：“某将衣质钱，今空手来取，反出詈语，有是理乎？”其人悍然不逊。翁徐谕之曰：“我知汝意，不过为过新年计耳。此小事，何以争为？”命检原质，得衣帷四五事，翁指絮衣曰："此御寒不可少。"又指道袍曰："与汝为拜年用，他物非所急，自可留也。"其人得二件，默然而去。是夜竟死于他家，涉讼经年。盖此人因负债多，已服毒，知尤富可诈，既不获，则移于他家耳。或问尤翁："何以预知而忍之？"翁曰："凡非理相加，其中必有所恃，小不忍则祸立至矣。"边批：名言！可以喻大。人服其识。

［述评］吕文懿公初辞相位，归故里，海内仰之如山斗。有乡人醉而詈之，公戒仆者勿与较。逾年，其人犯死刑入狱，吕始悔之，曰："使当时稍与计较，送公家责治，可以小惩而大戒，吾但欲存厚，不谓养成其恶，陷人于有过之地也。"议者以为仁人之言，或疑此事与夏、尤二翁相反，子犹曰：不然，醉詈者恶习，理之所有，故可创之使改。若理外之事，亦当以理外容之。智如活水，岂可拘一辙乎？"

郈成子

郈成子为鲁聘于晋[1]，过卫，右宰谷臣止而觞之，陈乐而不乐，酒酣而送之以璧。顾反，过而弗辞。其仆曰："向者右宰谷臣之觞吾子也甚欢，今侯渫过而弗辞。"郈成子曰："夫止而觞我，与我欢也；陈乐而不乐，告我忧也；酒酣而送我以璧，寄之我也。若是观之，卫其有乱乎？"倍卫三十里，闻甯喜之难作，右宰谷臣死之。还车而临，三举而归；至，使人迎其妻子，隔宅而异之，分禄而食之；其子长而反其璧。孔子闻之，曰："夫知可以微谋，仁可以托财者，其郈成子之谓乎？"

1 为鲁聘于晋：作为鲁国的使者去晋国友好访问。

张方平

富郑公自亳移汝，过南京。张安道留守，公来见，坐久之。公徐曰："人固难知也！"安道曰："得非王安石乎？亦岂难知者。往年方平知贡举，或荐安石有文学，宜辟以考校，姑从之。安石既来，一院之事皆欲纷更，方平恶其人，即檄以出，自此未尝与语也。"富公有愧色。

[述评] 曲逆之宰天下，始于一肉；[1] 荆公之纷天下，兆于一院。善观人者，必于其微。

寇準不识丁谓，而王旦识之。富弼、曾公亮不识安石，而张方平、苏洵、鲜于侁、李师中识之。人各有所明暗也。

洵作《辨奸论》，谓安石"不近人情"，侁则以沽激，师中则以眼多白。三人决法不同而皆验。

或荐宋莒公兄弟郊、祁可大用。昭陵曰："大者可；小者每上殿，则廷臣无一人是者。"已而莒公果相，景文竟终于翰长。若非昭陵之早识，景文得志，何减荆公！

1 曲逆之宰天下，始于一肉：汉代曲逆侯陈平之所以能主宰天下，从当年在乡下的时候分肉公平就有肇端。

曹玮

河西首领赵元昊反。上问边备，辅臣皆不能对。明日，枢密四人皆罢。王鬷谪虢州。翰林学士苏公仪与鬷善，出城见之。鬷谓公仪曰："鬷之此行，前十年已有人言之。"公仪曰："此术士也。"鬷曰："非也。昔时为三司盐铁副使，疏决狱囚，至河北；是时曹南院自陕西谪官，初起为定帅。畯至定，治事毕，玮谓畯曰：'公事已毕，自此当还。明日愿少留一日，欲有所言。'畯既爱其雄材，又闻欲有所言，遂为之留。明日，具馔甚简俭，食罢，屏左右，曰：'公满面权骨，不为枢辅即边帅，或谓公当作相，则不能也。然不十年，必总枢于此，时西方当有警，公宜预讲边备，搜阅人材，不然无以应卒[1]。'畯曰："四境之事，唯公知之，何以见教？'曹曰：'玮在陕西日，河西赵德明尝使以马易于中国，怒其息微，欲杀之，莫可谏止。德明有一子，年方十余岁，极谏不已："以战马资邻国已是失计，今更以货杀边人，则谁肯为我用者？"玮闻其言，私念之曰："此子欲用其人矣，是必有异志！"闻其常往来于市中，玮欲一识之，屡使人诱致之，不可得。乃使善画者图其貌，既至观之，真英物也！此子必为边患，计其时节，正在公秉政之日。公其勉之！'畯是时殊未以为然。今知其所画，乃元昊也。"

［述评］李温陵[2]曰：对王畯谈兵，如对假道学谈学也。对耳不相闻，况能用之于掌本兵之后乎？既失官矣，乃更思前语。滔滔者天下皆是也！

1卒：同"猝"。 2李温陵：李贽，别号温陵居士。

申屠蟠

申屠蟠生于汉末。时游士汝南范滂等非讦朝政，自公卿以下皆折节下之[1]。太学生争慕其风，以为文学将兴、处士复用。蟠独叹曰："昔战国之世，处士横议，列国之王至为拥彗先驱，卒有坑儒烧书之祸，今之谓矣。"乃绝迹[2]于梁砀山之间，因[3]树为屋，自同佣人[4]。居二年，滂等果罹党锢，或死或刑，唯蟠超然免于疑论。

［述评］物贵极征贱，贱极征贵，凡事皆然。至于极重而不可复加，则其势必反趋于轻。居局内者常留不尽可加之地，则伸缩在我，此持世之善术也。

1 折节下之：自降身份，屈尊结交。 2 绝迹：隐藏踪迹。3 因：以，用。 4 自同佣人：自己充当佣人。指自己干活，没有雇佣人。

穆生

楚元王初敬礼申公等，穆生不嗜酒，元王每置酒，常为穆生设醴。及王戊即位，常设，后忘设焉，穆生退曰："可以逝[1]矣。醴酒不设，王之意怠，不去，楚人将钳我于市。"称疾卧。申公、白生强起之，曰："独不念先王之德与？今王一旦失小礼，何足至此？"穆生曰："《易》称：知幾其神。幾者，动之微，吉凶之先见者也。君子见幾而作，不俟终日。先王所以礼吾三人者，为道存也；今而忽之，是忘道也。忘道之人，胡可与久处？边批：择交要诀。吾岂为区区之礼哉？"遂谢病去。申公、白生独留。王戊稍淫暴，二十年，为薄太后服[2]，私奸。削东海、薛郡，乃与吴通谋。二人谏不听，胥靡[3]之，衣之赭衣，舂于市。

1 逝：离开。 2 服：服丧。 3 胥靡：降罪为囚徒。

列子

子列子穷，貌有饥色。客有言之于郑子阳者，曰："列御寇，有道之士也。居君之国而穷，君毋乃不好士乎？"郑子阳令官遗之粟数十秉。子列子出见使者，再拜而辞。使者去，子列子入。其妻望而拊心曰："闻为有道者，妻子皆得逸乐。今妻子有饥色矣，君过而遗先生食，先生又弗受也，岂非命哉?"子列子笑而谓之曰："君非自知我也，以人之言而遗我粟也。夫以人言而粟我，至其罪我也，亦且以人言，此吾所以不受也。"其后民果作难，杀子阳。受人之养而不死其难，不义；死其难，则死无道也。死无道，逆也。子列子除不义，去逆也，岂不远哉！

［述评］魏相公叔痤病且[1]死，谓惠王曰："公孙鞅年少有奇才，愿王举国而听之。即不听，必杀之，勿令出境。"边批：言杀之者，所以果其用也[2]。王许诺而去。公叔召鞅谢曰："吾先君而后臣，故先为君谋，后以告子，子必速行矣！"鞅曰："君不能用子之言任臣，又安能用子之言杀臣乎？"卒不去。鞅语正堪与列子语对照。

1 且：将要。　2 所以果其用也：尽自己作为臣子的本分。

万二

洪武初，嘉定安亭万二，元之遗民也，富甲一郡。尝有人自京回，问其何所见闻，其人曰："皇帝近日有诗曰：'百僚未起朕先起，百僚已睡朕未睡。不如江南富足翁，日高丈五犹披被。'"二叹曰："兆已萌矣。"即以家赀付托诸仆干掌[1]之，买巨航，载妻子，泛游湖湘而去。不二年，江南大族以次籍没，独此人获令终。

1 干掌：掌管。

郗超

郗司空愔，字方回。在北府，桓宣武温忌其握兵。郗遣笺诣桓，子嘉宾超出行于道上，闻之，急取笺视，“方欲共奖[1]王室，修复园陵”。边批：痴人不知风色[2]。乃寸寸毁裂，归更作笺，自陈老病不堪人间，欲乞闲地自养。桓得笺大喜，即转郗公为会稽太守。

[述评]超党于桓，非肖子也，然为父画免祸之策，不可谓非智。后超病将死，缄一箧文书，属其家人：“父若哀痛，以此呈之。”父后哭超过哀，乃发箧睹稿，皆与桓谋逆语，怒曰：“死晚矣。”遂止。夫身死而犹能以术止父之哀，是亦智也。然人臣之义，则宁为愔之愚，勿为超之智。

1 奖：辅佐。 2 风色：形势。

亿中卷六

镜物之情，揆事之本；福始祸先，验不回瞬；[1]藏钩射覆，莫予能隐。集《亿中》。

1 此二句意：无论是福是祸，都能迅速预判得中。

子贡

鲁定公十五年正月，邾隐公来朝，子贡观焉。邾子执玉高，其容仰；公受玉卑，其容俯。子贡曰："以礼观之，二君皆有死亡焉。夫礼，死生存亡之体也：将左右、周旋、进退、俯仰，于是乎取之；朝、祀、丧、戎，于是乎观之。今正月相朝而皆不度[1]，心已亡矣。嘉事不体，何以能久！高仰，骄也；卑俯，替[2]也。骄近乱，替近疾。君为主，其先亡乎？"五月，公薨。孔子曰："赐不幸言而中，是使赐多言也[3]！"

1 不度：不守礼法。 2 替：君主缺少威严，显得过于谦卑。3 此句意为：这件事只怕会让子贡从此以后喜欢多讲话。

范蠡

朱公居陶，生少子。少子壮，而朱公中男杀人，囚楚，朱公曰："杀人而死，职[1]也，然吾闻：'千金之子，不死于市。'"乃治千金装，将遣其少子往视之。长男固请行，不听。以公不遣长子而遣少弟，"是吾不肖"，欲自杀。其母强为言，公不得已，遣长子。为书遗故所善庄生，因语长子曰："至则进千金于庄生所，听其所为，慎毋与争事。"长男行，如父言。庄生曰："疾去毋留，即弟出，勿问所以然。"长男阳去，不过庄生而私留楚贵人所。庄生故贫，然以廉直重，楚王以下皆师事之。朱公进金，未有意受也，欲事成后复归之以为信耳。而朱公长男不解其意，以为殊无短长。庄生以间入见楚王，言"某星某宿不利楚，独为德可除之"。王素信生，即使使封三钱之[2]府，贵人惊告朱公长男曰："王且赦，每赦，必封三钱之府。"长男以为赦，弟固当出，千金虚弃，乃复见庄生。生惊曰："若不去耶?"长男曰："固也，弟今且赦，故辞去。"生知其意，令自入室取金去。庄生羞为儿子所卖，乃入见楚王曰："王欲以修德禳星，乃道路喧传陶之富人朱公子杀人囚楚，其家多持金钱赂王左右，故王赦，非能恤楚国之众也，特以朱公子故。"王大怒，令论杀朱公子，明日下赦令。于是朱公长男竟持弟丧归。其母及邑人尽哀之，朱公独笑曰："吾固知必杀其弟也，彼非不爱弟，顾有所不能忍者也。是少与我俱，见苦，为生难，故重弃财。至如少弟者，生而见我富，乘坚策肥，岂知财所从来哉！吾遣少子，独为其能弃财也，而长者不能，卒以杀其弟。——事之理也，无足怪者，吾日夜固以望其丧之来也！"

[述评] 朱公既有灼见，不宜移于妇言，所以改遣者，惧杀长子故也。"听其所为，勿与争事。"已明明道破，长子自不奉教耳。庄生纵横之才不下朱公，生人杀人，在其鼓掌。然宁负好友，而必欲伸气于孺子，何德宇之不宽也！噫，其斯以为纵横之才也与！

1 职：理所当然，法所当是。　2 之：到。

姚崇

魏知古起诸吏，为姚崇所引用[1]，及同升[2]也，崇颇轻之。无何，知古拜吏部尚书，知东道选事。崇二子并分曹洛邑，会知古至，恃其蒙恩，颇顾请托。知古归，悉以闻。上召崇，从容谓曰："卿子才乎？皆何官也？又安在？"崇揣知上意，因奏曰："臣有三子，两人分司东都矣。其为人多欲而寡交，以是必干知古，然臣未及闻之耳。"上始以丞相子重言之，欲微动崇意，若崇私其子，或为之隐；及闻所奏，大喜，且曰："卿安从知之？"崇曰："知古微时，是臣荐以至荣达。臣子愚，谓知古见德，必容其非，故必干之。"上于是明崇不私其子之过，而薄知古之负崇也，欲斥之。崇为之请曰："臣有子无状，挠陛下法，陛下欲特原之，臣为幸大矣。而由臣逐知古，海内臣庶，必以陛下为私于臣矣，非所以裨玄化也。"上久之乃许。翌日，以知古为工部尚书，罢知政事。边批：小人枉自做小人。

姚崇与张说同为相，而相衔颇深[3]。崇病，戒诸子曰："张丞相与吾不协，然其人素侈，尤好服玩。吾身没后，当来吊，汝具陈吾生平服玩、宝带、重器罗列帐前。张若不顾，汝曹无类矣。若顾此，便录致之[4]，仍以神道碑为请[5]。既获其文，即时录进，先砻石以待，至便镌刻进御[6]。张丞相见事常迟于我，数日后必悔，若征碑文，当告以上闻，且引视镌石。"崇没，说果至，目其服玩者三四。崇家悉如崇戒。及文成，叙致该详，时谓"极笔"。数日，果遣使取本，以为辞未周密，欲加删改。姚氏诸子引使者视碑，仍告以奏御。使者复，说大悔恨，抚膺

［明］张路《神仙图册》之《列子》

［明］郭诩《朱子像》

曰："死姚崇能算生张说，吾今日方知才之不及！"

1引用：推荐任用。 2同升：官职品秩相当。此指同为宰相。 3相衔颇深：彼此之间嫌隙很深。 4录致之：记下来，送给他。 5仍以神道碑为请：仍然请他给我写神道碑。神道碑，立于墓道前记载死者生平事迹的石碑。 6进御：进献给皇上过目。

王应

王敦既死，王含欲投王舒。其子应在侧，劝含投彬。含曰："大将军平素与彬云何[1]，汝欲归之？"应曰："此乃所以宜投也。江州彬当人强盛，能立异同，此非常识所及。睹衰危，必兴慈愍。荆州舒守文，岂能意外行事耶？"含不从，边批：蠢才！径投舒，舒果沉含父子于江。彬初闻应来，为密具船以待，待不至，深以为恨。

［述评］好凌弱者必附强，能抑强者必扶弱。应嗣逆敦，本非佳儿，但此论深彻世情，差强"老婢"耳！敦每呼兄含为"老婢"。

晋中行文子出亡，过县邑，从者曰："此啬夫，公之故人，奚不休舍，且待后车。"文子曰："吾尝好音，此人遗我鸣琴；吾好佩，此人遗我玉环。是振我过[2]以求容于我者也，吾恐其以我求容于人也。"乃去之，果收文子后车二乘而献之其君矣。

蔺相如为宦者缪贤舍人，贤尝有罪，窃计欲亡走燕。相如问曰："君何以知燕王？"贤曰："尝从王与燕王会境上，燕王私握吾手曰：'愿结交。'以故欲往。"相如止之曰："夫赵强燕弱，而君幸于赵王，故燕王欲结君；今君乃亡赵走燕，燕畏赵，其势必不敢留君，而束君归赵矣。君不如肉袒负斧锧请罪，则幸脱矣！”贤从其计。

参观二事，足尽人情之隐。

1此句意为：大将军（指王敦）生前与江彬关系怎么样？（两人关系很差） 2振我过：助长我的过错。

李泌

议者言韩滉闻乘舆在外，聚兵修石头城，阴畜异志。上疑，以问李泌。对曰：“滉公忠清俭。自车驾在外，滉贡献不绝，且镇抚江东十五州，盗贼不起，皆滉之力也。所以修石头城者，滉见中原板荡，谓陛下将有永嘉之行，为迎扈之备耳。此乃人臣忠笃之虑，奈何更以为罪乎？滉性刚严，不附权贵，故多谤毁，愿陛下察之，臣敢保其无他。”上曰：“他议汹汹，章奏如麻，卿不闻乎？”对曰：“臣固闻之。其子皋为考功员外郎，今不敢归省其亲，正以谤语沸腾故也。”上曰：“其子犹惧如此，卿奈何保之？”对曰：“滉之用心，臣知之至熟，愿上章明其无他，乞宣示中书，使朝众皆知之。”上曰：“朕方欲用卿，人亦何易可保[1]？慎勿违众，恐并为卿累！”泌退，遂上章，请以百口保滉。他日，上谓泌曰：“卿竟上章，已为卿留中。虽知卿与滉亲旧，岂得不自爱其身乎？”对曰：“臣岂肯私于亲旧以负陛下？顾滉实无异心。臣之上章，以为朝廷，非为身也！”上曰：“如何为朝廷？”对曰：“今天下旱蝗，关中米斗千钱，仓廪耗竭，而江东丰稔。愿陛下早下臣章，以解朝众之惑，而谕韩皋，使之归觐，令滉感激，无自疑之心，速运粮储，岂非为朝廷耶？”边批：此唐室安危之机，所系非细。上曰：“朕深喻之矣。”即下泌章，令韩皋谒告归觐，面赐绯衣，谕以“卿父比有谤言，朕今知其所以，释然不复信矣”，因言“关中乏粮，与卿父宜速置之”。皋至润州，滉感悦流涕，即日自临水滨，发米百万斛，听皋留五日即还朝。皋别其母，啼声闻于外。滉怒，召出挞之，自送至江上，冒风涛而遣之。边批：至诚感人，可悲可涕。

既而陈少游闻滉贡米，亦贡二十万斛。上谓李泌曰：“韩滉乃能化陈少游亦贡米乎？”对曰：“岂唯少游，诸道将争入贡矣！”边批：有他夸。

1 此句意为：替他人担保哪有那么容易。

荀息

晋献公谋于荀息曰：“我欲攻虞，则虢救之；攻虢，则虞救之。如之何？”荀息曰：“虞公贪而好宝，请以屈产之乘与垂棘之璧，假道于虞以伐虢。”公曰：“宫之奇存焉，必谏。”息曰：“宫之奇之为人也，达心而懦[1]，又少长于君。达心则其言略[2]，懦则不能强谏，少长于君，则君轻之。且夫玩好在耳目之前，而患在一国之后，惟中知以上乃能虑之；臣料虞公，中知以下也。”晋使至虞，宫之奇果谏曰：“语云‘唇亡则齿寒’，虞、虢之相蔽，非相为赐。晋今日取虢，则明日虞从而亡矣。”虞公不听，卒假晋道。晋既灭虢，返戈向虞，虞公抱璧牵马而至。

1 达心而懦：通达聪慧但是懦弱。 2 言略：言简意赅。

虞卿

秦王龁攻赵，赵军数败，楼昌请发重使为媾。虞卿曰：“今制媾者[1]在秦，秦必欲破王之军矣。虽往请，将不听。不如以重宝附楚、魏，则秦疑天下之合纵，媾乃可成也。”王不听，使郑朱媾于秦。虞卿曰：“郑朱贵人也，秦必显重之以示天下。天下见王之媾于秦，必不救王。秦知天下之不救王，则媾不可成矣。”既而果然。

［述评］战国策士，当以虞卿为第一。

1 制媾者：控制媾和局面的一方。

王琼

嘉靖初年，北虏尝寇陕西，犯花马池，镇巡惶遽，请兵策应。事下九卿会议，本兵王宪以为必当发[1]，否恐失事。众不敢异。王琼时为冢宰，独不肯，曰：“我自有疏。”即奏云：“花马池是臣在边时所区画，防守颇严，虏必不能入；纵入，亦不过掳掠；彼处自足防御，不久自退。若遣京军远涉边境，道路疲劳，未必可用，而沿途骚扰，害亦不细，倘至彼而虏已退，则徒劳往返耳。臣以为不发兵便。”然兵议实本兵主之，竟发六千人，命二游击将之以往。边批：只是不深知晋溪故。至彰德，未渡河，已报虏出境矣。

按：晋溪在西北，修筑花马池一带边墙，命二指挥董其役[2]。二指挥甚效力，边墙极坚，且功役亦不甚费，有羡银二千余，持以白晋溪。晋溪曰：“此一带城墙，实西北要害去处，汝能尽心了此一事，此琐琐之物何足问，即以赏汝。”后北虏犯边，即遣二指挥提兵御之，二人争先陷阵，其一竟死于敌。晋溪筹边智略类如此。

又晋溪总制三边时，每一巡边，虽中火[3]亦费百金，未尝折干[4]，到处皆要供具，烧羊亦数头，凡物称是。晋溪不数脔[5]，尽撤去，散于从官，虽下吏亦沾及。故西北一有警，则人人效命。当时法网疏阔，故豪杰得行其意；使在今日，则台谏即时论罢矣。梅衡湘播州监军，行时请帑金三千备犒赏之需，及事定，所费仅四百金，登籍报部，无分毫妄用。虽性生手段大小不同，要亦时为之也。

1 发：派兵。 2 命二指挥董其役：任命两位指挥总领士兵。指挥，明朝五城兵马指挥司的军事指挥官，此处指级别不太高的军事将领。董，管理，督导，总帅。 3 中火：普通伙食。 4 折干：低级士兵向军官行贿以免除卫戍。此处指受贿。这里的言下之意：王琼每次巡边花费的伙食费很高，并不是因为他中饱私囊，而是与普通士兵一起分享所致。 5 不数脔：吃不得几口。

班超

班超久于西域，上疏愿生入玉门关，乃召超还，以戊已校尉任尚代之。尚谓超曰："君侯在外域三十余年，而小人猥承君后，任重虑浅，宜有以诲之。"超曰："塞外吏士，本非孝子顺孙，皆以罪过徙补边屯，而蛮夷怀鸟兽之心，难养易败。今君性严急，水清无鱼，察政不得下和，宜荡佚简易[1]，宽小过，总大纲而已[2]。"超去后，尚私谓所亲曰："我以班君尚有奇策，今所言平平耳。"尚留数年而西域反叛，如超所戒。

1 荡佚简易：放松约束，管得不要过多。 2 总大纲而已：把握住大原则就行。

蔡谟

蔡谟，字道明。康帝时，石季龙死，中原大乱。朝野咸谓太平指日可俟，谟独不然，谓所亲曰："胡灭诚大庆，然将贻王室之忧。"或问何故，谟曰："夫能顺天而奉时，济六合于草昧[1]者，若非上哲，必由英豪。度德量力，决非时贤所及。必将经营分表[2]，疲民以逞志。才不副任，略不称心，财殚力竭，智勇俱屈，此韩卢、东郭所以双毙也！"未几，果有殷浩之役。

1 济六合于草昧：带领天下苍生走出混乱动荡的时势。 2 经营分表：谋划能力应付不了大局面，导致各自为阵，分兵割据。

郭嘉 虞翻

孙策既尽有江东，转斗千里，闻曹公与袁绍相持官渡，将议袭许。众闻之，皆惧。郭嘉独曰："策新并江东，所诛皆英杰，能得人死力者也。然策轻而无备，虽有百万众，无异于独行中原。若刺客伏起，一人之敌耳。以吾观之，必死于匹夫之手。"

虞翻字仲翔亦以策好驰骋游猎，谏曰："明府用乌集之众，驱散附之士，皆能得其死力，此汉高之略也。至于轻出微行，吏卒尝忧之。夫白龙鱼服，困于豫且；白蛇自放，刘季害之。愿少留意。"策曰："君言是也！"然终不能悛，至是临江未济，果为许贡家客所杀。

[述评] 孙伯符不死，曹瞒不安枕矣。天意三分，何预人事？[1]

1 天意三分，何预人事：三分天下乃是天意，与人事无关。

夏侯霸

夏侯霸降蜀，姜维问曰："司马公既得彼政，当复有征伐之志否？"霸曰："司马公自当作家门，彼方有内志，未遑及外事也。公提轻卒，径抵中原，因食于敌，彼可窥而扰也。然有钟士季者，其人虽少，有胆略，精练策数，终为吴、蜀之忧。但非常之人，必不为人用，而人亦必不能用之，士季其不免乎？"

后十五年，而会果灭蜀，蜀灭而会反，皆如霸言。

傅嘏

何晏、邓飏、夏侯玄并求傅嘏交，而嘏终不许。诸人乃因[1]荀粲说合之，谓嘏曰："夏侯太初一时之杰士，虚心于子，而卿意怀不可。交合则好成，不合则致隙，二贤莫若睦，则国之休，此蔺相如所以下廉颇也。"傅嘏曰："夏侯太初志大心劳，能合虚誉，所谓利口覆国[2]之人。何晏、邓飏有为而躁，博而寡要，外好利而内无关钥，贵同恶异，多言而妒前，多言多衅，妒前无亲。以吾观之，此三贤者皆败德之人尔，远之犹恐罹祸，况可亲之耶？"皆如其言。

［述评］蔡邕就董卓之辟，而不免其身；韦忠辞张华之荐，而竟违其祸。士君子不可不慎所因也！

1 因：请，通过。　2 利口覆国：能言善辩，足以误国。

陆逊 孙登

陆逊多沉虑，筹无不中，尝谓诸葛恪曰："在吾前者，吾必奉之同升；在吾下者，吾必扶持之。边批：长者之言。君今气陵其上，意蔑乎下，恐非安德之基也！"恪不听，卒见杀。

嵇康从孙登游三年，问终不答[1]。康将别，曰："先生竟无言耶?"登乃曰："子识火乎？生而有光，而不用其光，果然枉于用光；人生有才，而不用其才，果然枉于用才。故用光在乎得薪，所以保其曜；用才在乎识物，所以全其年。今子才多识寡，难乎免于今之世矣！"康不能用，卒死吕安之难。

1 问终不答：请教老师对自己的看法，却始终没得到答案。

盛度

盛文肃度为尚书右丞，知扬州，简重，少所许可。时夏有章自建州司户参军授郑州推官，过扬州，盛公骤称其才雅，置酒召之。夏荷其意，为一诗谢别。公先得诗，不发，使人还之，谢不见。夏殊不意，往见通判刁绎，具言所以。绎疑将命者有忤，诣公问故。公曰："无他也。吾始见其气韵清秀，谓必远器；今封诗，乃自称'新圃田从事'。得一幕官，遂尔轻脱。君但观之，必止于此官，志已满矣。"明年，除馆阁校勘，坐旧事寝夺，改差国子监主簿，仍带原官。未几卒于京。

邵雍

王安石罢相，吕惠卿参知政事。富郑公见康节，有忧色。

康节曰："岂以惠卿凶暴过安石耶？"曰："然。"康节曰："勿忧。安石、惠卿本以势利相合，今势利相敌，将自为仇矣，不暇害他人也。"未几，惠卿果叛安石。

按：荆公行新法，任用新进。温公贻以书曰："忠信之士，于公当路时虽龃龉可憎，后必得其力。谄谀之人，于今诚有顺适之快，一旦失势，必有卖公以自售者。"盖指吕惠卿也。

熙宁初，王宣徽之子名正甫，字茂直，监西京粮料院。一日约邵康节同吴处厚、王平甫食饭，康节辞以疾。明日，茂直来问康节辞会之故，康节曰："处厚好议论，每讥刺执政新法；平甫者，介甫之弟，虽不甚主其兄，若人面骂之，则亦不堪矣。此某所以辞也。"茂直叹曰："先生料事之审如此。昨处厚席间毁介甫，平甫作色，欲列其事于府。某解之甚苦，乃已。"呜呼，康节以道德尊一代，平居出处，一饭食之间，其慎如此。

范纯仁

元祐嫉恶太甚，吕汲公、梁况之、刘器之定王介甫亲党吕吉甫、章子厚而下三十人，蔡持正亲党安厚卿、曾子宣而下十人，榜之朝堂。范淳父上疏，以为"歼厥渠魁，胁从罔治"。范忠宣太息，语同列曰："吾辈将不免矣！"后来时事既变，章子厚建元祐党，果如忠宣之言。大抵皆出于士大夫报复，而卒使国家受其咎，悲夫！

［述评］王楙《野客丛谈》云：君子之治小人，不可为已甚，击之不已[1]，其报必酷。余观《北史》神龟之间，张仲瑀铨削选格，排抑武人，不使预清品。一时武人攘袂扼腕，至无所泄其愤。

于是羽林武贲几千人至尚书省诟骂，直造仲瑀之第，屠灭其家。群小悉投火中，及得尸体，不复辨识，惟以髻中小钗为验。其受祸如此之毒！事势相激，乃至于此，为可伤也！庄子谓刻核太过，则不肖之心应之。今人徒知锐于攻击，逞一时之快，而识者固深惧之。

1 击之不已：逼到绝境还不肯罢休。

曹彬

曹武惠王既下金陵，降后主，复遣还内治行。潘美忧其死，不能生致也，止之。[1]王言："吾适受降，见其临渠犹顾左右扶而后过，必不然也。且彼有烈心，自当君臣同尽，必不生降；既降，又肯死乎？"

［述评］或劝艺祖诛降王，入则变生。艺祖笑曰："守千里之国，战十万之师，而为我擒，孤身远客，能为变乎？"可谓君臣同智。

1 忧其死，不能生致也：担心他会自杀，没法活着押解回朝廷。

剖疑卷七

讹口如波，俗肠如锢。[1]触目迷津，弥天毒雾。不有明眼，孰为先路？太阳当空，妖魑匿步。集《剖疑》。

1此二句意：谣言如波涛汹涌，世俗之人的头脑如铸铁难熔。

汉昭帝

昭帝初立，燕王旦怨望谋反[1]。而上官桀忌霍光，因与旦通谋，诈令人为旦上书，言："光出都，肄郎羽林肄习军官。道上称跸，擅调益幕府校尉，专权自恣，疑有非常。"俟光出沐日奏之，帝不肯下[2]。光闻之，止画室中不入。上问："大将军安在？"桀曰："以燕王发其罪，不敢入。"诏召光入，光免冠顿首谢。上曰："将军冠，朕知是书诈也，将军无罪。"光曰："陛下何以知之？"上曰："将军调校尉以来未十日，燕王何以知之？"时帝年十四，尚书左右皆惊，而上书者果亡。

1怨望谋反：心怀怨恨，所以谋反。 2下：将事情拿到朝堂讨论。

孔季彦

梁人有季母杀其父者，而其子杀之，有司欲当以大逆，孔季彦曰："昔文姜与弑鲁桓，《春秋》去其姜氏，《传》谓'绝不为亲，礼也’[1]。夫绝不为亲，即凡人耳。方之古义，宜以非司寇而擅杀[2]当之，不当以逆论。”人以为允。

1 绝不为亲，礼也：《左传》认为，《春秋》一书因姜氏参与杀害鲁桓公而不认可姜氏为鲁君夫人的做法，是符合礼法的。2 非司寇而擅杀：未经官府同意，擅自杀害有罪当死之人。

杜杲

六安县人有嬖[1]其妾者，治命[2]与二子均分。二子谓妾无分法。杜杲书其牍曰：“《传》云‘子从父令’，《律》曰‘违父教令’，是父之言为令也。父令子违，不可以训[3]。然妾守志[4]则可，或去或终[5]，当归二子。”部使者季衍览之，击节曰：“九州三十三县令之最也！”

1 嬖：宠爱。 2 治命：立遗嘱。 3 不可以训：不足以为教训，事情不能这么干。 4 守志：不改嫁。 5 或去或终：改嫁，或者去世。

王商 王曾

汉成帝建始中，关内大雨四十余日。京师民无故相惊，言“大水至”，百姓奔走相蹂躏，老弱号呼，长安中大乱。大将军王凤以为太后与上及后宫可御船，令吏民上城以避水。群臣皆从凤议，右将军王商独曰：“自古无道之国，水犹不冒城郭，今何因当有大水一日暴至？此必讹言也。不宜令上城，重惊百姓。”上乃止。有顷稍定，问之，果讹言，于是美[1]商之固守。

天圣中尝大雨，传言汴口决，水且大至。都人恐，欲东奔。帝以问王曾，曾曰："河决，奏未至，必讹言耳。不足虑。"已而果然。

［述评］嘉靖间，东南倭乱，苏城戒严。忽传寇从西来，已过浒墅。太守率众登城，急令闭门。乡民避寇者万数，腾踊门外，号呼震天。任同知环愤然曰："未见寇而先弃良民，谓牧守何！有事，环请当之！"乃分遣县僚洞开六门，纳百姓，而自仗剑帅兵，坐接官亭以遏西路。乡民毕入，良久，而倭始至，所全活甚众。吴民至今尸祝[2]之。

又万历戊午间，无锡某乡构台作戏娱神。有哄于台者，优人不脱衣，仓皇趋避。观剧者亦雨散，口中戏云："倭子至矣！"此语须臾传遍，且云"亲见锦衣倭贼"，由是城门昼闭，城外人填涌，践踏死者近百人，迄夜始定。此虽近妖，亦有司不练事[3]之过也。

大抵兵火之际，但当远其侦探，虽寇果临城，犹当静以镇之，使人心不乱，而后可以议战守；若讹言，又当直以理却之矣。

开元初，民间讹言"上采女子以充掖庭"。上闻之，令选后宫无用者，载还其家，讹言乃息。语曰："止谤莫如自修。"此又善于止讹者。天启初，吴中讹言"中官来采绣女"，民间若狂，一时婚嫁殆尽。此皆恶少无妻者之所为，有司不加禁缉，男女之失所者多矣。

1 美：称赞。　2 尸祝：奉祀。　3 练事：办事练达。

西门豹

魏文侯时，西门豹为邺令，会[1]长老问民疾苦。长老曰："苦为河伯娶妇。"豹问其故，对曰："邺三老、廷掾常岁赋民钱数百万，用二三十万为河伯娶妇，与祝巫共分其余。当其时，巫行视人家女好者，云'是当为河伯妇'，即令洗沐，易新衣。治斋宫于河上，设绛帷床席，居女其中。卜日，浮之河，行数十里乃灭。俗语曰：'即不为河伯娶妇，水来漂溺。'边批：邪教惑人类然。人家多持女远窜，故城中益空。"豹曰："及此时[2]，幸[3]来告，吾亦欲往送。"至期，豹往会之河上，三老、官属、豪长者、里长、父老皆会，聚观者数千人。其大巫，老女子也，女弟子十人从其后。豹曰："呼河伯妇来。"既见，顾谓三老、巫祝、父老曰："是女不佳，烦大巫妪为入报河伯。更求好女，后日送之。"即使吏卒共抱大巫妪投之河。有顷，曰："妪何久也？弟子趣之。"复投弟子一人河中。有顷，曰："弟子何久也？"复使一人趣之。凡投三弟子。豹曰："是皆女子，不能白事[4]。烦三老为入白之。"复投三老。豹簪笔磬折[5]，向河立待良久，旁观者皆惊恐。边批：绝好一出杂剧。豹顾曰："巫妪、三老不还报，奈何？"复欲使廷掾与豪长者一人入趣之。皆叩头流血，色如死灰。豹曰："且俟须臾。"须臾，豹曰："廷掾起矣。河伯不娶妇也。"邺吏民大惊恐，自是不敢复言河伯娶妇。

［述评］娶妇以免溺，题目甚大。愚民相安于惑也久矣，直斥其妄，人必不信。惟身自往会，簪笔磬折，使众著于河伯之无灵，而向之行诈者计穷于畏死，虽驱之娶妇，犹不为也，然后弊可永革。

1会：召集。 2及此时：到那时。 3幸：谦辞，即麻烦，有请。 4白事：说事，把事情说清楚。 5簪笔磬折：簪笔，将笔插到冠上，以备及时记录。 磬折：像石磬一样弯着腰。两个词都是用来形容毕恭毕敬。

戚贤

戚贤初授归安县。县有“萧总管”，此淫祠也。[1]豪右欲诅有司，辄先赛庙，庙壮丽特甚。一日过之，值赛期，入庙中，列赛者阶下，谕之曰：“天久不雨，若能祷神得雨则善。不尔，庙且毁，罪不赦也。”舁[2]木偶道桥上，竟不雨，遂沉木偶，如言。又数日，舟行，忽木偶自水跃入舟中，侍人失色走，曰：“萧总管来，萧总管来！”贤笑曰：“是未之焚也！”命系之，顾岸傍有社祠，别遣黠隶易服入祠，戒之曰：“伺水中人出，械[3]以来。”已而果然，盖策诸赛者心[4]，且贿没人[5]为之也。

1萧总管：江南民间祭祀的水神，此指萧公庙。 淫祠：滥建的祠庙。 2舁：抬。 3械：戴上刑具。 4心：谋划。 5没人：潜水之人。

陆粲

陆贞山粲所居前有小庙，吴俗以礼“五通神”，谓之“五圣”，亦曰“五王”。陆病甚，卜者谓五圣为祟，家人请祀之。陆怒曰：“天下有名为正神，爵称侯王，而挈母妻就人家饮食者乎？且胁诈取人财，人道所禁，何况于神？此必山魈之类耳。今与神约，如能祸人，宜加某身。某三日不死，必毁其庙！”家人咸惧。至三日，病稍间，陆乃命仆撤庙焚其像。陆竟无恙。其家至今不祀“五圣”。

[述评]子云:“智者不惑。”其答问智，又曰:“敬鬼神而远之。”然则易惑人者，无如鬼神，此巫家所以欺人而获其志也。今夫人鬼共此世间，鬼不见人，犹人不见鬼，阴阳异道，各不相涉。方其旺也，两不能伤。边批：确论。及其气衰，亦互为制。惟夫惑而近之，自居于衰而授之以旺，故人不灵而鬼灵耳。西门豹以下，可谓伟丈夫矣。近世巫风盛行，瘟神仪从[1]，侈于钦差；白莲名牒[2]，繁于学籍。将未来知所终也，识者何以挽之?

1 仪从：仪仗随从。 2 名牒：名册。

李吉甫

李忠公之为相也，政事堂有会食之案[1]。吏人相传：“移之则宰臣当罢，不迁者五十年。”公曰：“朝夕论道之所，岂可使朽蠹之物秽而不除？俗言拘忌，何足听也！”遂撤而焚之，其下铲去积壤十四畚，议者伟焉。

1 会食之案：聚餐用的桌子。

经务卷八

中流一壶，千金争挈。[1] 宁为铅刀，毋为楮叶。错节盘根，利器斯别。识时务者，呼为俊杰。集《经务》。

1 此二句意为：到河中间翻了船，一个葫芦都会有人争先出高价购买。意思是说原本看起来不值一钱的东西，换个情景，也许就会有它的价值。

刘晏

唐刘晏为转运使时，兵火之余[1]，百费皆倚办于晏。晏有精神，多机智，变通有无，曲尽其妙。尝以厚直[2]募善走者，置递相望，觇报四方物价，虽远方，不数日皆达，使食货轻重之权悉制在掌握，入贱出贵，国家获利，而四方无甚贵甚贱之病。

晏以王者爱人不在赐与，当使之耕耘织纴，常岁平敛之，荒则蠲救之。诸道各置知院官，每旬月具州县雨雪丰歉之状。荒歉有端，则计官取赢，先令蠲某物、贷某户，民未及困而奏报已行矣。议者或讥晏不直赈救而多贱出以济民者，则又不然。善治病者，不使至危惫；善救灾者，不使至赈给。故赈给少则不足活人，活人多则阙国用，国用阙则复重敛矣！又赈给多侥幸，吏群为奸，强得之多，弱得之少，虽刀锯在前不可禁——以为“二害”。灾沴之乡，所乏粮耳，他产尚在，贱以出之，易以杂货，因人之力，转于丰处，或官自用，则国计不乏；多出菽粟，恣之粜运，散入村间，下户力农，不能诣市，转相沾逮，自免阻饥——以为“二胜”。

先是运关东谷入长安者，以河流湍悍，率一斛得八斗，至者则为成劳，受优赏。晏以为江、汴、河、渭，水力不同，各随便宜造运船，江船达扬州，汴船达河阴，河船达渭口，渭船达太仓，其间缘水置仓，转相受给。自是每岁运谷至百余万斛，无升斗沉覆者。又州县初取富人督漕挽，谓之“船头”；主邮递，谓之“捉驿”；税外横取，谓之“白著”。人不堪命，皆去为盗。晏始以官主船漕，而吏主驿事，罢无名之敛，民困以苏，户口繁息。

［述评］晏常言：“户口滋多，则赋税自广。”故其理财常以养民为先，可谓知本之论，其去桑、孔远矣[3]！王荆公但知理财，而实无术以理之；亦自附养民，而反多方以害之。故上不能为刘晏，而下且不逮桑、孔。

晏专用榷盐法充军国之用，以为官多则民扰，边批：名言。故但于出盐之乡置盐官，取盐户所煮之盐，转鬻于商人，任其所之，边批：至今用其法。自余州县不复置官。其江岭间去盐乡远者，转官盐于彼贮之；或商绝盐贵，则减价鬻之，谓之“常平盐”。官获其利，而民不困弊。

［述评］常平盐之法所以善者，代商之匮，主于便民故也。若今日行之，必且与商争鬻矣。

1 兵火之余：刘晏做转运使时，正值唐玄宗后期藩镇割据，兵火连连。 2 厚直：高薪。 3 其去桑、孔远矣：这种做法比汉代理财名家桑弘羊、孔仅要高明很多。

李悝

李悝谓文侯曰："善平籴[1]者，必谨观岁：有上、中、下熟。上熟其收自四，余四百石；中熟自三，余三百石；下熟自一，余百石。小饥则收百石，中饥七十石，大饥三十石。故上熟，则上籴三而舍一；中熟，则籴二；下熟，则籴一。使民适足，价平则止。小饥则发小熟之所敛，中饥则发中熟之所敛，大饥则发大熟之所敛而粜。故虽遭饥馑水旱，籴不贵而民不散，取有余而补不足也。"行之魏国，国以富强。

［述评］此为常平义仓之祖，后世腐儒乃以尽地力罪悝。夫不尽地力，而尽民力乎？无怪乎讳富强，而实亦不能富强也。

1 平籴：平籴法，战国时期魏国李悝制定的重农抑商之法。政府在丰收时低价购买米粮储存（平籴），荒年时低价发售存粮（平粜）以稳定粮价。

朱熹

乾道四年，民艰食，熹请于府，得常平米六百石赈贷。夏受粟于仓，冬则加息以偿；歉，蠲其息之半，大饥尽蠲之。凡十四年，以米六百石还府，见储米三千一百石，以为"社仓"，不复收息。故虽遇歉，民不缺食，诏下熹"社仓法"于诸路。

［述评］陆象山曰："社仓固为农之利，然年常丰，田常熟，则其利可久；苟非常熟之田，一遇岁歉，则有散而无敛；来岁秧时缺本，乃无以赈之，莫如兼制平籴一仓，丰时籴之，使无

价贱伤农之患；缺时粜之，以摧富民封廪腾价[1]之计，析[2]所籴为二，每存其一，以备歉岁，代社仓之匮，实为长便也。”

听民之便，则为社仓法；强民之从，即为青苗法矣。此主利民，彼主利国故也。”

今有司积谷之法，亦社仓遗制，然所积只纸上空言，半为有司干没，半充上官，无碍钱粮之用。一遇荒歉，辄仰屋窃叹，不如留谷于民间之为愈矣。噫！

何良俊《四友斋丛说》云：“今之抚按有第一美政所急当举行者：要将各项下赃罚银，督令各府县尽数籴谷；其有罪犯自徒流以下，许其以谷赎罪。大率上县每年要谷一万，下县五千。南直隶巡抚下有县几一百，则是每年有谷七十余万，积至三年，即有二百余万矣。若遇一县有水旱之灾，则听于无灾县分通融借贷，俟来年丰熟补还，则东南百姓可免流亡，而朝廷于财赋之地永无南顾之忧矣。善政之大，无过于此！”

1 封廪腾价：囤积居奇，抬高米价。 2 析：分。

周忱

周文襄公巡抚江南，时苏州逋税七百九十万石。公阅牒大异，询父老，皆言吴中豪富有力者不出耗[1]，并赋之贫民，贫民不能支，尽流徙。公创为平米，官田民田并加耗。苏税额二百九十余万石。公与知府况钟曲算，疏减[2]八十余万。旧例不得团局[3]收粮，公令县立便民仓水次，每乡图里推富有力一人，名粮长，收本乡图里夏秋两税，加耗不过十一[4]。又于粮长中差力产厚薄为押运，视远近劳逸为上下，酌量支拨，京、通正米一石支三，临清、淮安、南京等仓以次定支，为舟樯剥转诸费。填出销入，支拨羡余，各存积县仓，号“余米”。米有余，减耗，次年十六征，又次年十五，更有羡[5]。

正统初，淮、扬灾，盐课亏，公巡视，奏令苏州府拨剩余米，县拨一二万石，运贮扬州盐场，准为县明年田租，听灶户上私盐给米。时米贵盐贱，官得积盐，民得食米，公私大济。公在江南二十二年，每遇凶荒，辄便宜从事[6]，补以余米，赋外更无科率[7]。凡百上供，及廨舍、学校、贤祠、古墓、桥梁、河道修葺浚治，一切取给余米。

［述评］其后户部言济农余米，失于稽考，奏遣曹属，尽括余米归之于官。于是征需杂然，而逋负日多。夫余米备用，本以宽民，一归于官，官不益多而民遂无所恃矣。试思今日两税，耗果止十一乎？征收只十五、十六乎？昔何以薄征而有余？今何以加派而不足？江南百姓安得不尸祝公而追思不置也。

何良俊曰：“周文襄巡抚江南一十八年，常操一小舟，沿村逐巷，随处询访。遇一村朴老农，则携之与俱卧于榻下，咨以地方之事。民情土俗，无不周知。故定为论粮加耗之制，而以金花银、粗细布、轻赍等项，裨补重额之田，斟酌损益，尽善尽美。顾文僖谓‘循之则治，紊之则乱’[8]，非虚语也。自欧石冈一变为论田加耗之法，遂亏损国课，遗祸无穷。有地方之责者，可无加意哉！”

1 耗：由于作为赋税缴纳的粮食在政府存储、运输过程中会产生损耗，因此在缴纳粮食时还要多出一部分，这多出来的部分就称为耗。 2 疏减：上疏奏请减免。 3 团局：村民自助组织，往往由大户出面组织，并受其控制。 4 十一：十分之一。 5 更有羡：逐渐有了盈余。羡，剩余。 6 便宜从事：视情况随机决定。 7科率：税。 8循之则治，紊之则乱：遵照（周忱）这个办法来，治下太平；不按这个办法来，就会出乱子。

陈霁岩

陈霁岩知开州，时万历己巳，大水，无蠲而有赈[1]。府下有司议，公倡议：极贫谷一石，次贫五斗，务沾实惠。放赈时编号执旗，鱼贯而进，虽万人无敢哗者。公自坐仓门小棚，执笔点名，视其衣服容貌，于极贫者暗记之。庚午春，上司行牒再赈极贫者，书吏禀出示另报，公曰："不必也！"第出前点名册中暗记极贫者，径开唤领，乡民咸以为神，盖前领赈时不暇妆点，尽见真态故也。

陈霁岩在开州。己巳之冬，仓谷几尽，抚台命各州县动支在库银二千两籴谷。此时谷价腾踊，每石银六钱，各县遵行，派大户领籴，给价五钱一石，每石赔已一钱，耗费复一钱，灾伤之余，大户何堪？而入仓谷止四千石，是上下两病也。公坚意不行，竟以此被参，以灾年仅免。至庚午秋，州之高乡大熟，邻境则尽熟，谷价减至三钱余。方申抚台动支银二千两，派大户分籴，报价三钱，即如数给之。自后时价益减至二钱五分。大户请扣除余银，公笑应之曰："宁增谷，勿减银也。"[2]比上年所买，多谷三千余石，而大户无累赔。报上司外，余谷七百余石，则尽以给流民之复业者。先是本州土城十五，连年大雨灌注，凡崩塌数十处。庚午秋，当议填修，吏请役乡夫，公不许。会有两年被灾，流民闻已蠲荒粮，思还乡井。因遍出示招抚，云："亟归种麦，官当赈尔。"乃出前大户所籴余谷，刻期给散。

另出四五小牌于各门一里外，令各将盛谷袋，装土到城上，填崩塌处。总甲于面上用印，仓中验印发谷，再赈而城已修完。

北方州县，唯审均徭为治之大端。三年一审，合一州八十八里之民，集庭而校勘之，自极富至极贫，定为九则，赋役皆准此而派。区中首领，有里长、老人、书手，官唯据此三等人，三等人因得招权要贿。公莅任，轮审均徭尚在一年后，乃取旧册，查自上上至下上七则户，照名里开填，分作二簿。每日上堂，辄以自随，或放告，或听断，或理杂务，看有晓事且朴实者，出其不意，唤至案前，问是“何里人”，就摘里中大户，问其“家道何如”，“比年间，何户骤富，何户渐消”，随其所答，手注簿内，如此数次，参验之，所答略同。又一日，点查农民，本州概有二百余人。即闭之后堂，各给一纸，令开本里自万金至百金等家，严戒勿欺。又因圣节，先扬言齐点各役。至期，拜毕，即唤里老、书手到察院，分作三处，各与纸笔，令开大户近年之消乏者，或殷厚如故，不必开也。以上因事采访，编成底册。审时一甲人齐跪下堂，公自临视，择其中二三笃实人，作为公正，与里长同举大户应升应降者诸人。因底册甚明，咸以实举，遂从而酌验之，顷刻编定。一日审四五里，往往州官待百姓，不令百姓待州官也。边批：只此便是最善政。

1 无蠲而有赈：不豁免赋税的同时加以赈济。 2 宁增谷，勿减银也：宁可多收点谷，不需要退回多出的银两。

富弼　滕元发　原杰

富郑公知青州。河朔大水，民流就食[1]。弼劝所部民出粟，益以官廪，得公私庐室十余区，散处其人，以便薪水。官吏自前资、待缺、寄居者，皆赋以禄，使即民所聚，选老弱病瘠者廪之，仍书其劳，约他日为奏请受赏。[2] 率五日[3]，遣人持酒肉饭糗慰藉，出于至诚，边批：要紧。人人为尽力。山林陂泽之利，可资以生者，听流民擅取，死者为大冢埋之，目曰丛冢。明年，麦大熟，民各以远近受粮归，募为兵者万计。帝闻之，遣使褒劳。前此救灾皆聚民城郭中，为粥食之，蒸为疾疫，或待哺数日，不得粥而仆，名救之而实杀之。弼立法简尽，天下传以为式。

［述评］能于极贫弱中做出富强来，真经国大手。

滕元发知郓州，岁方饥，乞淮南米二十万石为备。边批：有此米便可措手。时淮南、京东皆大饥，元发召城中富民，与约曰："流民且至，无以处之则疾疫起，并及汝矣。吾得城外废营地，欲为席屋以待之。"民曰："诺。"为屋二千五百间，一夕而成。流民至，以次授地，井灶器用皆具。以兵法部勒，少者炊，壮者樵，妇汲，老者休，民至如归。上遣工部郎中王右按视，庐舍道巷，引绳棋布，肃然如营阵。右大惊，图上其事。有诏褒美，盖活万人云。

［述评］祁尔光曰："滕达道之处流民，大类富郑公。富散而民不扰，滕聚而能整，皆可为法。"

成化初，陕西至荆、襄、唐、邓一路，皆长山大谷，绵亘千里，所至流逋藏聚为梗，刘千斤因之作乱，至李胡子复乱，流民无虑数万。都御史项忠下令有司逐之，道死者不可胜计。祭酒周洪谟悯之，乃著《流民说》，略曰："东晋时，庐、松、滋之民流至荆州，乃侨置滋县于荆江之南。陕西、雍州之民流聚襄阳，乃侨置南雍州于襄水之侧。其后松、滋遂隶于荆州，南雍遂并于襄阳，迄今千载，宁谧如故。此前代处置得宜之效。今若听其近诸县者附籍，远诸县者设州县以抚之，置官吏，编里甲，宽徭役，使安生理，则流民皆齐民矣，何以逐为？”李贤深然其说。

至成化十一年，流民复集如前，贤乃援洪谟说上之。边批：贤相自能用言。上命副都原杰往莅其事，杰乃遍历诸郡县深山穷谷，宣上德意，延问流民，父老皆欣然，愿附籍为良民。于是大会湖、陕、河南三省抚按，合谋佥议，籍流民得十二万三千余户，皆给与闲旷田亩，令开垦以供赋役，建设州县以统治之。遂割竹山之地置竹溪县，割郧津之地置郧西县，割汉中洵阳之地置白河县，又升西安之商县为商州，而析其地为商南、山阳二县，又析唐县、南阳、汝州之地为桐柏、南台、伊阳三县，使流寓土著参错而居，又即郧阳城置郧阳府，以统郧及竹山、竹溪、郧西、房、上津六县之地，又置湖广行都司及郧阳卫于郧阳，以为保障之计。因妙选贤能，荐为守令，边批：要着。流民遂安。

［述评］今日招抚流移，皆虚文也。即有地，无室庐；即有田，无牛种。民何以归？无怪乎其化为流贼矣。倘以讨贼之费之半，择一实心任事者专管招抚，经理生计，民且庆更生矣，何乐于为贼耶？

1 民流就食：河北受灾的百姓流离到青州来讨米求生。　2 官吏自前资……奏请受赏：官吏中退休回到青州的，青州籍等待空缺去就任的，寄居在青州的，都发放薪水，派遣到灾民聚居地，登记老弱病残以便救济，记录下官吏的功劳，日后上奏朝廷请求奖赏。 3 率五日：每隔五天。

刘大夏

弘治十年，命户部刘大夏出理边饷，或曰："北边粮草，半属中贵人子弟[1]经营，公素不与先辈合，恐不免刚以取祸。"大夏曰："处事以理不以势，俟至彼图之。"既至，召边上父老日夕讲究，边批：要着。遂得其要领。一日，揭榜通衢云："某仓缺粮若干石，每石给官价若干，凡境内外官民客商之家，但愿输者，米自十石以上，草自百束以上，俱准告。"虽中贵子弟亦不禁。不两月，仓场充牣，盖往时粮百石、草千束方准告[2]，以故中贵子弟争相为市，转买边人粮草，陆续运至，牟利十五。自此法立，有粮草之家自得告输，中贵子弟即欲收籴，无处可得，公有余积，家有余财。

[述评]忠宣法诚善，然使不召边上父老日夕讲究，如何得知？能如此虚心访问，实心从善，何官不治？何事不济？昔唐人目台中坐席为"痴床"，谓一坐此床，骄倨如痴。今上官公坐皆"痴床"矣，民间利病，何由上闻？

1 中贵人子弟：官宦子弟。 2 准告：准许联系官府进行买卖。

苏轼

苏轼知杭州时，岁适大旱，饥疫并作。轼请于朝，免本路上供米三之一，故米不翔贵，复得赐度僧牒百，易米以救饥者。明年方春，即减价粜常平米，民遂免大旱之苦。杭本江海之地，水泉咸苦，居民稀少。唐刺史李泌始引西湖水作六井，民足于水，故井邑日富。及白居易复浚西湖，放水入运河，自河入田，取溉至千顷。然湖水多葑[1]，自唐及钱氏，岁辄开治，故湖水足用。宋废而不理，至是湖中葑积，为田一十五万余丈，而水无几矣。运河失河水之利，则取给于江潮，潮浑浊多淤，河行阛阓中，三年一淘，为市井大患，而六井亦几废。轼始至，浚茅山、盐桥二河，以茅山一河专受江潮，以盐桥一河专受湖水。复造堰闸，以为湖水蓄泄之限，然后潮不入市，且以余力复完六井，民稍获其利矣。轼间至湖上，周视良久，曰："今欲去葑田，将安所置之？湖南北三十里，环湖往来，终日不达，若取葑田积于湖中，为长堤以通南北，则葑田去而行者便矣。吴人种麦，春辄芟除，不遗寸草，葑田若去，募人种麦，收其利以备修湖，则湖当不复堙塞。"乃取救荒之余，得钱粮以贯石数者万，复请于朝，得百僧度牒，以募役者。堤成，植芙蓉、杨柳其上，望之如图画，杭人名之"苏公堤"。

[述评]华亭宋彦云："西湖蓄水，专以资运河，湖滨多水田，春夏间苦旱，秋间又苦涝，莫若专设一司，精究水利，湖宜开广浚深，诸山水溢则能受，诸田苦旱则能泄，闸司又俟浅深以启闭，则运无阻滞，而三辅内膏腴可相望矣。"按：此宋人为都城漕计，其实今日亦宜行之，迩来西湖渐淤，有力者喜于占业，地方任事者，不可不虑其终也。

1 葑：菰根，即茭白根。

杨一清

西番故饶马，而仰给中国茶饮疗疾。祖制以蜀茶易番马，久而寖弛，茶多阑出[1]，为奸人利，而番马不时至。杨文襄乃请重行太仆苑马之官，而严私通禁，尽笼茶利于官，以报致诸番。番马大集，而屯牧之政修。

[述评]其抚陕西，则创城平虏、红古二地，以为固原援。筑垣濒河，以捍靖虏。其讨安化，则授张永策以诛逆瑾。出将入相，谋无不酬，当时目公为“智囊”，又比之姚崇，不虚也！

1 阑出：走私贩运出去。

张全义

东都荐经寇乱，其民不满百户。张全义为河南尹，选麾下十八人材器可任者，人给一旗一榜，谓之“屯将”，使诣十八县故墟落中，植旗张榜，招怀流散。劝之树艺，蠲其租税；唯杀人者死，余俱笞杖而已。由是民归如市。数年之后，渐复旧规。

全义每见田畴美者，辄下马与僚佐共观之，召田主，劳以酒食。有蚕、麦善收者，或亲至其家，悉呼出老幼，赐以茶采衣物。民间言：“张公不喜声妓，独见佳麦良蚕乃笑耳！”由是民竞耕、蚕，遂成富庶。

[述评]全义起于群盗[1]，乃其为政，虽良吏不及。彼吏而盗者，不愧死耶！

全义一笑而民劝，今则百怒而民不威，何也？

1 起于群盗：盗匪出身。张全义最早跟随黄巢起义，后归附。

范纯仁

范忠宣公知襄城，襄俗不事蚕织，鲜有植桑者。公患之，因民之有罪而情轻者，使植桑于家，多寡随其罪之轻重，后按其所植荣茂与除罪，自此人得其利。公去，民怀之不忘。

［述评］愚于今日军、徒之罪亦有说[1]焉。夫军借以战，徒借以役，非立法之初意乎？今不然矣，或佯死，或借差[2]，或倩代[3]，里甲有佥解之扰，卫所有口粮之费，而罪人之翱翔自如，见者不得而问焉。即所谓徒者，视军较苦，故谚有“活军死徒”之说。然而富者买替，贫者行丐，即驿中牵挽之事，所资几何？又安用此徒为哉！然则宜如何？曰：“莫若以屯法行之。方今日议开垦，未有成效，诚酌军卫之远近，徒限之多寡，押赴某处开荒若干亩。俟成熟升科，即与准罪释放。其或愿留，即为世业。行之数年，将旷土渐变为熟土，且奸民俱化为良民，其利顾不大与？若夫安插有法，羁縻有法，稽核有法，劝相有法，是又非可以一言尽也。

1 有说：有话要说，有建议要提。 2 借差：出钱雇佣别人代自己受罪。 3 倩代：让他人冒名顶替。

赵开

赵开既疏通钱引，民以为便。一日有司获伪引三十万，盗五十人。议法当死，张浚欲从之，开曰：“相君误矣！使引伪，加宣抚使印其上，即为真矣。黥其徒，使治币，是相君一日获三十万之钱而起五十人之死也。”浚称善。

［述评］不但起五十人之死，又获五十人之用，真大经济手段。三十万钱，又其小者。

丁谓

祥符中，禁中火[1]。时丁谓主营复宫室，患取土远，公乃命凿通衢取土，不日皆成巨堑，乃决汴水入堑中，引诸道竹木牌筏及船运杂材，尽自堑中入，至公门事毕，却以拆弃瓦砾灰壤实于堑中，复为街衢，一举而三役济，计省费以亿万计。

［述评］此公尽有心计，但非相才耳，故曰："小人不可大受[2]，而可小知。"

1 禁中火：宫中起火。 2 大受：委以重任。

叶梦得

叶石林梦得在颍昌，岁值水灾，京西尤甚，浮殍自唐、邓入境，不可胜计，令尽发常平所储以赈。唯遗弃小儿，无由处之。一日询左右曰："民间无子者，何不收畜？"曰："患既长或来识认。"叶阅法例：凡伤灾遗弃小儿，父母不得复取。边批：作法者其虑远矣。遂作空券数千，具载本法，即给内外厢界保伍。凡得儿者，皆使自明所从来，书券给之，官为籍记，凡全活三千八百人。

韦孝宽 李崇

韦孝宽为雍州刺史。先是，路侧一里置一土堠[1]，经雨辄毁。孝宽临州，勒部内当堠处但植槐树，既免修复，又便行旅。宇文泰后见之，叹曰："岂得一州独尔？"于是令诸州皆计里种树。

魏李崇为兖州刺史。兖旧多劫盗，崇命村置一楼，楼皆悬鼓。盗发之处，乱击之，旁村始闻者，以一击为节，次二，次三，俄顷之间，声布百里，皆发人守险。由是盗无不获。

［述评］袁了凡曰："宋薛季宣令武昌，乡置一楼，盗发，伐鼓举烽，瞬息遍百里，事与李崇合。乱世弭盗之法，莫良于此。独宋向子韶知吴江县，太守孙公杰令每保置一鼓楼，保丁五人，以备巡警，盗发则鸣鼓相闻。子韶执不可，曰："斗争自此始矣。"是亦一见也。大抵相机设法，顾其人方略何如，唯明刑、薄赋、裕民为弭盗之本。

1 土堠：土堆做成的里程标记。

范仲淹

仲淹知延州。先是总官领边兵万人，钤辖领五千人，都监领三千人，寇出，则官卑者先出御。仲淹曰："将不择人，以官为次第，败道也。"乃大阅州兵，得万八千人，分六将领之，将各三千，分部训练，使量贼多寡，更番出御。

［述评］梅少司马克生疏云："古之诏爵也以功，今之叙功也以爵。"二语极切时弊。夫临阵，则卑者居先；叙功，又卑者居后。是直以性命媚人耳，宜志士之裹足而不出也！分将迭出之议固当，吾谓论功尤当专叙汗马，而毋轻冒帷幄，则豪杰之气平，

而功名之士知奋矣！

1梅少司马克生：梅国桢，字克生，曾任兵部侍郎。

徐阶

世庙时，倭蹂东南，抚按亟告急请兵，职方郎谓："兵发而倭已去，谁任其咎？"尚书惑之。阶相持不可[1]，则以羸卒三千往。阶争之曰："江南腹心地，捐以共贼久矣。部臣于千里外，何以遥度贼之必去，又度其去而必不来，而阻援兵不发也？夫发兵者，但计当与不当耳。不当发，则毋论精弱皆不发以省费；当发，则必发精者以取胜，而奈何用虚文涂耳目，置此三千羸卒与数万金之费以喂贼耶?"尚书惧，乃发精卒六千，俾偏将军许国、李逢时将焉。国已老，逢时敢深入而疏[2]。骤击倭，胜之；前遇伏，溃。当事者以发兵为阶咎，阶复疏云："法当责将校战而守令守。今将校一不利辄坐死，而守令偃然自如；及城溃矣，将校复坐死，而守令仅左降。此何以劝惩也？夫能使民者，守令也，今为兵者一，而为民者百，奈何以战守并责将校也！夫守令勤，则粮饷必不乏；守令果，则探哨必不误；守令警，则奸细必不容；守令仁，则乡兵必为用。臣以为重责守令可也。"

［述评］汉法之善，民即兵，守令即将，故郡国自能制寇。唐之府兵，犹有井田之遗法，自张说变为彍骑，而兵农始分，流为藩镇，有将校而无守令矣。迄宋以来，无事则专责守令，而将校不讲韬钤之术[3]，有事则专责将校，而守令不参帷幄之筹，是战与守两俱虚也。徐文贞此议，深究季世塌冗之弊。

［明］文徵明《仿赵伯骕后赤壁图》（局部）

［元］刘敏叔《三夫子相》（局部）

阶又念虏移庭牧，宣、大与虏杂居，士卒不得耕种，米麦每石值至中金三两，而所给月粮仅七镮，半菽且不继。时畿内二麦熟，石止直四镮，可及时收买数十万石。石费五镮，可出居庸，抵宣府；费八镮，可出紫荆，抵大同。大约合计之，费止金一两，而士卒可饱一月食，其地米麦，当亦渐平。上疏行之。

1 持不可：持不同意见，即认为应该要出兵。 2 敢深入而疏：敢于出击，却疏于防范。 3 韬钤之术：用兵之术。韬钤，兵法。

曹玮

曹玮在泰州时，环、庆属羌[1]，田多为边人所市[2]，单弱不能自存，因没彼中。玮尽令还其故，以后有犯者，迁其家内地。所募弓箭手，使驰射较强弱，胜者与田二顷。边批：诱之习射。再更秋获[3]，课市一马，马必胜甲[4]，然后官籍之，则加五十亩。边批：官未尝不收其利。至三百人以上，团为一指挥，要害处为筑堡，使自堑其地为方田环之。立马社，一马死，众皆出钱市马。边批：马不缺矣。后开边壕，悉令深广丈五尺，山险不可堑者，因其峭绝治之，使足以限敌。后皆以为法。

1 环、庆属羌：环州、庆州两地居住的羌族人。 2 市：购买，兼并。 3 再更秋获：（弓箭手驰射获赏的田地）下一年秋天收获之后。 4 胜甲：能够承载披甲的骑手。

察智部第三

察智部总序

冯子曰：智非察不神，察非智不精。子思云："文理密察，必属于至圣。"而孔子亦云："察其所安。"是以知察之为用，神矣广矣。善于相人者，犹能以鉴貌辨色，察人之富贵福寿贫贱孤夭，况乎因其事而察其心？则人之忠佞贤奸，有不灼然乎？分其目曰《得情》，曰《诘奸》，即以此为照人之镜而已。

冯子曰：语云"察见渊鱼者不祥"，是以圣人贵夜行，游乎人之所不知也。虽然，人知实难，己知何害？目中无照乘摩尼，又何以夜行而不蹶[1]乎？子舆赞舜，明察并举，盖非明不能察，非察不显明；譬之大照当空，容光自领，岂无覆盆，人不憾焉。如察察予好，渊鱼者避之矣。吏治其最显者，得情而天下无冤民，诘奸而天下无戮民，夫是之谓精察。[2]

1 蹶：绊倒。　2 此段为异文，附此以供参考。

得情卷九

口变缁素，权移马鹿；[1] 山鬼昼舞，愁魂夜哭；如得其情，片言折狱；唯张与于[2]，吾是私淑。集《得情》。

1 口变缁素，权移马鹿：口才好的人，能把白的说成黑的，权力大的人，能迫使人指鹿为马。 2 张与于：指西汉人张释之、于定国，二人皆善于治狱。

唐朝某御史

李靖为岐州刺史，或告其谋反，高祖命一御史案之。边批：此御史恨失其名。御史知其诬罔，请与告事者偕[1]。行数驿，诈称失去原状，惊惧异常，鞭挞行典[2]，乃祈求告事者别疏一状。比验，与原状不同，即日还以闻。高祖大惊，告事者伏诛。

1 偕：同行。 2 行典：随行官吏。

张楚金

湖州佐史江琛，取刺史裴光书，割取其字，合成文理，诈为与徐敬业反书，以告。差御史往推[1]之，款云："书是光书，语非光语。"前后三使并不能决，则天令张楚金劾之，仍如前款。楚金忧懑，仰卧西窗，日光穿透，因取反书向日视之，其书乃是补葺而成。因唤州官俱集，索一瓮水，令琛取书投水中，字字解散，琛叩头伏罪。

1 推：推断，判定。

崔思竞

崔思竞，则天朝或告其再从兄宣谋反，付御史张行岌按之。告者先诱藏宣妾，而云："妾将发其谋，宣乃杀之，投尸洛水。"行岌按略无状[1]。则天怒，令重按，奏如初。则天怒曰："崔宣若实曾杀妾，反状自明矣。不获妾，如何自雪?"行岌惧，逼思竞访妾。思竞乃于中桥南北多置钱帛，募匿妾者。数日略无所闻，而其家每窃议事，则告者辄知之。思竞揣家中有同谋者，乃佯谓宣妻曰："须绢三百匹，雇刺客杀告者。"而侵晨伏于台前。宣家有馆客，姓舒，婺州人，为宣家服役，边批：便非端士。宣委之同于子弟。须臾见其人至台，赂阍人以通于告者，告者遂称"崔家欲刺我"。思竞要馆客于天津桥，骂曰："无赖险獠，崔家破家，必引汝同谋，何路自雪！汝幸能出崔家妾，我遗汝五百缣[2]，归乡足成百年之业；不然，亦杀汝必矣！"其人悔谢，乃引至告者之家，搜获其妾，宣乃得免。

［述评］一个馆客尚然，彼食客三千者何如哉？虽然，鸡鸣狗盗，因时效用则有之，皆非甘为服役者也，故相士以廉耻为重。

1 按略无状：审判书没有给出结论，没有认定犯罪事实。
2 缣：绢丝。

李崇

定州流人解庆宾兄弟坐事，俱徙扬州。弟思安背役亡归，庆宾惧后役追责，规绝名贯[1]，乃认城外死尸，诈称其弟为人所杀，迎归殡葬，颇类思安，见者莫辩。又有女巫杨氏，自云见鬼，说思安被害之苦、饥渴之意。庆宾又诬疑同军兵苏显甫、李盖等所杀，经州讼之，二人不胜楚毒，各诬服。狱将决，李崇疑而停之，密遣二人非州内所识者，伪从外来，诣庆宾告曰："仆住北州，比有一人见过，寄宿。夜中共语，疑其有异，便即诘问，乃云是流兵背役，姓解字思安。时欲送官，苦见求，及称有兄庆宾，今住扬州相国城内，嫂姓徐，君脱矜愍为往告报，见申委曲，家兄闻此，必相重报。今但见质，若往不获，送官何晚？'边批：说得活似。是故相造。君欲见顾几何？当放令弟。若其不信，可现随看之。"庆宾怅然失色，求其少停。此人具以报崇，摄庆宾问之，引伏，因问盖等，乃云自诬，数日之间，思安亦为人缚送。崇召女巫视之，鞭笞一百。

1 规绝名贯：计划将（他弟弟的名字）从流徙人员名单中除名。

欧阳晔

欧阳晔治鄂州，民有争舟相殴至死者，狱久不决。晔自临其狱，去囚坐庭中，去其桎梏而饮食。讫，悉劳[1]而还之狱，独留一人于庭，留者色动惶顾。公曰："杀人者，汝也！"囚不知所以，曰："吾观食者皆以右手持匕，而汝独以左；今死者伤在右肋，此汝杀之明验也！"囚涕泣服罪。

1 劳：慰问。

王佐

王佐守平江，政声第一，尤长听讼。小民告捕进士郑安国酒。佐问之，郑曰："非不知冒刑宪，老母饮药，必酒之无灰者[1]。"佐怜其孝，放去，复问："酒藏床脚笈中，告者何以知之？岂有出入而家者乎？抑而奴婢有出入者乎？"以幼婢对，追至前得与民奸状[2]，皆杖脊遣。闻者称快。

1 必酒之无灰者：需要没有杂质的清酒（送药）。 2 与民奸状：与之前（告状的）那个人有奸情，属同谋。

高子业

高子业初任代州守，有诸生江棒与邻人争宅址。将哄[1]，阴刃族人江孜等，匿二尸图诬邻人。邻人知，不敢哄，全畀以宅[2]，棒埋尸室中。数年，棒兄千户楫枉杀其妻，棒嗾[3]妻家讼楫，并诬楫杀孜事，楫拷死，无后，与弟椝重袭楫职。讼上监司台，付子业再鞫。业问棒以孜等尸所在，棒对曰："楫杀孜埋尸其室，不知所在。"曰："楫何事杀孜？"棒愕然，对曰："为棒争宅址。"曰："尔与同宅居乎？"对曰："异居。"曰："为尔争宅址，杀人埋尸己室，有斯理乎？"问吏曰："搜尸棒室否？"对曰："未也。"乃命搜棒室，掘地得二尸于棒居所，刃迹宛然，棒伏罪。州人曰："十年冤狱，一旦得雪。"

州豪吴世杰诬族人吴世江奸盗，拷掠死二十余命，世江更数冬不死。子业覆狱牍，问曰："盗赃布裙一，谷数斛。世江有田若庐，富而行劫，何也?”世杰曰：“贼饵色。”即呼奸妇问之曰：“盗奸若何?”对曰：“奸也。”“何时?”曰：“夜。”曰：“夜奸何得识贼名?”对曰：“世杰教我贼名。”世杰遂伏诬杀人罪。

1哄：群体性械斗。 2全畀以宅：将有争议的宅基地全部让出来。畀，给。 3嗾：唆使。

张举

张举为句章令，有妻杀其夫，因放火烧舍，诈称夫死于火。其弟讼之，举乃取猪二口，一杀一活，积薪焚之，察死者口中无灰，活者口中有灰，因验夫口，果无灰，以此鞫之，妻乃服罪。

杨评事

湖州赵三与周生友善，约同往南都贸易，赵妻孙不欲夫行，已闹数日矣。及期黎明，赵先登舟，因太早，假寐舟中。舟子张潮利其金，潜移舟僻所沉赵，而复诈为熟睡。周生至，谓赵未来，候之良久，呼潮往促。潮叩赵门，呼“三娘子”，因问：“三官何久不来?”孙氏惊曰：“彼出门久矣，岂尚未登舟耶?”潮复周，周甚惊异，与孙分路遍寻，三日无踪。周惧累，因具牍呈县。县尹疑孙有他故，害其夫。久之，有杨评事者阅其牍，曰：“叩门便叫三娘子，定知房内无夫也。”以此坐潮罪，潮乃服。

杨茂清

杨茂清升直隶贵池知县。池滨大江，使传[1]往来如织，民好嚣讼，茂清因俗为治，且遇事明决。时泾县有王赞者，逋[2]青阳富室周鉴金而欲陷之，预构一丐妇蓄之，鉴至索金，辄杀妇诬鉴。讯者以鉴富为嫌，莫敢为白。御史以事下郡，郡檄清往按，阅其狱词，曰："知见[3]何不指里邻，而以五十里外麻客乎？赞既被殴晕地，又何能辨麻客姓名，引为之证乎？"又云："其妻伏赞背护赞，又何能殴及胸胁死乎？"已乃讯证人，稍稍吐实。诘旦至尸所，益审居民，则赞门有沟，沟布椽为桥，阳出妇与鉴争，堕桥而死，赞乃语塞，而鉴得免。

石埭杨翁生二子，长子之子标，次子死，而妇与仆奸，翁逐之，仆复潜至家，翁不直斥为奸，而比盗扑杀之。时标往青阳为亲故寿，仆家谓标实杀之，而翁则诉己当伏辜。当道不听，竟以坐标，翁屡以诉。清密侦其事，得之。而当道亦以标富，惮于平反。清承檄，则逮青阳与标饮酒者十余人，隔而讯之，如出一口，乃坐翁收赎而贷标。后三年，道经其家，尽室男女，罗拜于道，且携一小儿告曰："此标出禁所生也，非公则杨氏斩矣。"

［述评］又铜陵胡宏绪，韩太守试冠诸生。有一家奴，挈其妻子而逃。宏绪诉媒氏匿之，踪迹所在，相与执缚之。其奴先是病甚，比送狱，当夕身死。其家亟陈于官，而客户江西人，其同籍也，纷至为证。御史按部，诉之，辄以下清。清覆讯之，曰："所谓锁缚者，实以送县，非私家也，况奴先有病乎？"遂原胡生会试且迫，夙夜以狱牒上，胡生遂得不坐，是年登贤书。公之辨冤释滞多类此。

1 使传：使者，邮差。 2 逋：欠。 3 知见：证人。

许进　姚公　张昺

单县有田作者，其妇饷之。食毕，死。翁故曰："妇意也。"陈于官。不胜棰楚[1]，遂诬服。自是天久不雨。许襄毅公时官山东，曰："狱其有冤乎？"乃亲历其地，出狱囚遍审之。至饷妇，乃曰："夫妇相守，人之至愿；鸩毒杀人，计之至密者也。焉有自饷于田而鸩之者哉？"遂询其所馈饮食，所经道路，妇曰："鱼汤米饭，度自荆林，无他异也。"公乃买鱼作饭，投荆花于中，试之狗彘，无不死者。妇冤遂白，即日大雨如注。

苏人出商于外，其妻蓄鸡数只，以待其归。数年方返，杀鸡食之，夫即死。邻人疑有外奸，首之太守姚公。鞫之，无他故。意其鸡有毒，令人觅老鸡，与当死囚遍食之，果杀二人，狱遂白。盖鸡食蜈蚣百虫，久则蓄毒，故养生家鸡老不食，又夏不食鸡。

张御史昺，字仲明，慈溪人，成化中，以进士知铅山县。有卖薪者，性嗜鳝。一日自市归，饥甚，妻烹鳝以进，恣啖之，腹痛而死。邻保谓妻毒夫，执送官，拷讯无他据，狱不能具。械系逾年，公始至，阅其牍，疑中鳝毒。召渔者捕鳝得数百斤，悉置水瓮中，有昂头出水二三寸者，数之得七。公异之，召此妇面烹焉，而出死囚与食，才下咽，便称腹痛，俄仆地死。妇冤遂白。

[述评]陆子远《神政记》载此事，谓公受神教而然，说颇诞。要之凡物之异常者，皆有毒，察狱者自宜留心，何待取决于冥冥哉！

1 棰楚：鞭笞之苦。

李德裕

李德裕镇浙右。甘露寺僧诉交代常住什物被前主事僧耗用常住金若干两，引证前数辈，皆有递相交领文籍分明，众词指以新得替人隐而用之，且云："初上之时，交领分两既明，及交割之日，不见其金。"鞫成具狱，伏罪昭然，未穷破用之所。公疑其未尽，微以意揣之，僧乃诉冤曰："积年以来，空交分两文书，其实无金矣。众乃以孤立，欲乘此挤之。"公曰："此不难知也。"乃召兜子数乘，命关连僧人对事，遣入兜子中，门皆向壁，不令相见；命取黄泥各模交付下次金样以凭证据。僧既不知形状，竟模不成，前数辈皆伏罪。

程颢

程颢为鄠县主簿。民有借其兄宅以居者，发地中藏钱，兄之子诉曰："父所藏也。"令曰："此无证佐，何以决之？"颢曰："此易辩尔。"问兄之子曰："汝父藏钱几何时矣？"曰："四十年矣。""彼借宅居几何时矣？"曰："二十年矣。"即遣吏取钱十千视之，谓借宅者曰："今官所铸钱，不五六年即遍天下，此钱皆尔未藏前数十年所铸，何也？"其人遂服。

裴子云　赵和

新乡县人王敬戍边，留牸牛[1]六头于舅李进处，养五年，产犊三十头。敬自戍所还，索牛。进云“两头已死”，只还四头老牛，余不肯还。敬忿之，投县陈牒。县令裴子云令送敬付狱，叫追盗牛贼李进。进惶怖至县，叱之曰：“贼引汝同盗牛三十头，藏于汝家！”唤贼共对，乃以布衫笼敬头，立南墙之下。进急，乃吐款云：“三十头牛总是外甥牸牛所生，实非盗得。”云遣去布衫，进见，曰：“此外甥也。”云曰：“若是，即还他牛。”但念五年养牛辛苦，令以数头谢之。一县称快。一作武阳令张允齐事。

咸通初，楚州淮阴县东邻之民，以庄券[2]质于西邻，贷得千缗，约来年加子钱赎取。及期，先纳八百缗，约明日偿足方取券。两姓素通家，且止隔信宿，谓必无他，因不征纳缗之籍。明日，赍余镪[3]至，西邻讳不认。诉于县，县以无证，不直之；复诉于州，亦然。东邻不胜其愤，闻天水赵和令江阴，片言折狱，乃越江而南诉焉。赵宰以县官卑，且非境内，固却之。东邻称冤不已，赵曰：“且止吾舍。”思之经宿，曰：“得之矣。”召捕贼之干者数辈，赍牒至淮壖口，言：“获得截江大盗，供称有同恶某，请械送来。”唐法，惟持刀截江，邻州不得庇护。果擒西邻人至，然自恃农家，实无他迹，应对颇不惧。赵胁以严刑，囚始泣叩不已。赵乃曰：“所盗幸多金宝锦彩，非农家物，汝宜籍舍中所有辩之。”囚意稍解，且不虞东邻之越讼，遂详开钱谷金帛之数，并疏所自来，而东邻赎契八百缗在焉。赵阅之，笑曰：“若果非江寇，何为讳东邻八百缗？”遂出诉邻面质，于是惭惧服罪，押回本土，令吐契而后罚之。

1 牸牛：母牛。 2 庄券：田地的地契。 3 余镪：剩下的钱。

何武　张咏

汉沛郡有富翁，家资二十余万，子才年三岁，失其母。有女适人，甚不贤，翁病困，为遗书，悉以财属女，但遗一剑，云："儿年十五，以付还之。"其后又不与剑，儿诣郡陈诉，太守何武录女及婿，省其手书，顾谓掾吏曰："此人因女性强梁，婿复贪鄙，畏残害其儿。又计小儿得此财不能全护，故且与女，实守之耳。夫剑者，所以决断；限年十五者，度其子智力足以自居，又度此女必复不还其剑，当关州县，得见申转展。——其思虑深远如是哉！"悉夺取财与儿，曰："敝女恶婿，温饱十年，亦已幸矣。"论者大服。

张咏知杭州，杭有富民，病将死，其子三岁，富民命其婿主家赀，而遗以书曰："他日分财，以十之三与子，而七与婿。"其后子讼之官，婿持父书诣府，咏阅之，以酒酬地曰："汝之妇翁，智人也。时子幼，故以子属汝，不然，子死汝手矣。"乃命三分其财与婿，而子与七。

某巡官

有富民张老者，妻生一女，无子，赘某甲于家。久之，妾生子，名一飞，育四岁而张老卒。张病时谓婿曰："妾子不足任，吾财当畀汝夫妇。尔但养彼母子，不死沟壑，即汝阴德矣。"于是出券书云："张一非吾子也，家财尽与吾婿，外人不得争夺。"婿乃据有张业不疑。后妾子壮，告官求分，婿以券呈官，遂置不问。他日奉使者[1]至，妾子复诉，婿仍前赴证。奉使者乃更其句读曰："张一非，吾子也，家财尽与，吾婿外人，不得争夺。"曰："尔父翁明谓'吾婿外人'，尔尚敢有其业耶？诡书'飞'作'非'者，虑彼幼为尔害耳。"于是断给妾子，人称快焉。

1 奉使者：巡视地方的御史。

张齐贤

戚里有分财不均者，更相讼。齐贤曰："是非台府所能决，臣请自治之。"齐贤坐相府，召讼者问曰："汝非以彼分财多、汝所分少乎？"曰："然。"具款，乃召两吏，令甲家入乙舍，乙家入甲舍，货财无得动，分书则交易。明日奏闻，上曰："朕固知非君不能定也。"

黄霸　李崇

颍川有富室，兄弟同居，妇皆怀妊。长妇胎伤，弟妇生男，长妇遂盗取之。争讼三年，州郡不能决。丞相黄霸令走卒抱儿，去两妇各十步，叱令自取，长妇抱持甚急，儿大啼叫，弟妇恐致伤，因而放与，而心甚怀怆。霸曰："此弟子。"责问乃伏。

［述评］陈祥断惠州争子事类此。祥知惠州，郡民有二女嫁为比邻者，姊素不孕。一日妹生子，而姊之妾适同时产女，诡言产子，夜烧妹傍舍，乘乱窃其儿以归。妹觉之，往索，弗予，讼于府。无证，祥佯自语："必杀此儿事即了耳。"乃置瓮水堂下，引二妇出曰："吾为汝溺此儿以解汝纷。"密谕一卒谨视儿，而叱左右诈为投儿状，亟逐二妇使出，其妹失声争救不可得，

颠仆堂下，而姊竟去不顾。祥即断儿归妹而杖姊、妾，一郡称神。

寿春县人苟泰，有子三岁，遇贼亡失，数年不知所在。后见在同县赵奉伯家，泰以状告，各言己子，并有邻证，郡县不能断。李崇令二父与儿分禁三处，故久不问，忽一日，密遣人分告二父曰："君儿昨不幸遇疾暴死。"苟泰闻即号咷，悲不自胜，奉伯咨嗟而已。崇察知之，乃以儿还泰。诘奉伯诈状，奉伯款引云："先亡一子，姑妄认之。"

宣彦昭　范部

宣彦昭仕元，为平阳州判官。天大雨，民与军争簦[1]，各认己物。彦昭裂而为二，并驱出，使卒踵其后。军忿噪不已，民曰："汝自失簦，于我何与?"卒以闻，彦昭杖民，令买簦偿军。

范部为浚仪令，二人挟绢于市互争，令断之，各分一半去。后遣人密察之，有一喜一愠之色，于是擒喜者。

[述评] 李惠断燕巢事，即此一理所推也。魏雍州厅事有燕争巢，斗已累日。刺史李惠令人掩护，试命纪纲断之，并辞。惠乃使卒以弱竹弹两燕，既而一去一留。惠笑谓属吏曰："此留者，自计为巢功重；彼去者，既经楚痛，理无固心。"群下服其深察。

1 簦：雨伞。

李惠　游显

魏李惠为雍州刺史，有负薪、负盐者同弛担憩树阴。将行，争一羊皮，各言藉背之物。惠曰："此甚易辨。"乃令置羊皮于席上，以杖击之，盐屑出焉，负薪者乃服罪。

江淮省游平章显公，为政清明。有城中银店失一蒲团，后于邻家认得，邻不服，争詈不置。游行马至，问其故，叹曰："一蒲团直几何，失两家之好，杖蒲团七十，弃之可也。"及杖，得银星，遂罪其邻。

孙亮

亮出西苑，方食生梅，使黄门至中藏取蜜渍梅，蜜中有鼠矢。亮问主藏吏曰："黄门从汝求蜜耶?"曰："向求之，实不敢与。"黄门不服，左右请付狱推，亮曰："此易知耳。"令破鼠矢，里燥，亮曰："若久在蜜中，当湿透；今里燥，必黄门所为!"于是黄门首服。

乐蔼

梁时长沙宣武王将葬，东府忽于库失油络。欲推主者，御史中丞乐蔼曰："昔晋武库火，张华以为积油幕万匹，必燃。今库若有灰，非吏罪也。"既而检之，果有积灰。时称其博物弘恕。

李耆寿

李南公为河北提刑，有班行犯罪下狱，案之不服，闭口不食者百余日，狱吏不敢拷讯。南公曰："吾能立使之食。"引出问曰："吾以一物塞汝鼻，汝能终不食乎。"其人惧，即食，因具服罪。盖彼善服气[1]，以物塞鼻则气结，故惧。此亦博物之效也。

1 服气：某种吐纳之术，类似瑜伽，可使人多日不食而不死。

诘奸卷十

王轨不端，司寇溺职；[1] 吏偷俗弊[2]，竞作淫慝。我思老农，剪彼蟊贼；摘伏发奸，即威即德。集《诘奸》。

1 此二句意：朝廷法度不端，高官滥权渎职，底层的小官小吏则是谄媚钻营。 2 吏偷俗弊：官吏懒政，世俗败坏。

赵广汉

赵广汉为颍川太守。先是颍川豪杰大姓，相与为婚姻，吏俗朋党。广汉患之，察其中可用者，受记。出有案问，既得罪名，行法罚之。广汉故漏泄其语，令相怨咎；又教吏为缿筒[1]，及得投书，削其主名，而托以为豪杰大姓子弟所言。其后强宗大族家家结下仇怨，奸党散落，风俗大改。

广汉尤善为钩距[2]以得事情。钩钜者，设欲知马价，则先问狗，已问羊，又问牛，然后及马，参伍其价，以类相准，则知马之贵贱，不失实矣。唯广汉至精，能行之，他人效者莫能及。

1 缿筒：举报箱。缿，瓶口细、瓶身宽、易入难出的陶瓶。2 钩距：有倒钩的钩子，此处指会诈术，能从人口中套话。

周忱

周文襄公忱巡抚江南，有一册历，自记日行事，纤悉不遗，每日阴晴风雨，亦必详记。人初不解。一日某县民告粮船江行失风，公诘其失船为某日午前午后，东风西风，其人所对参错。公案籍以质，其人惊服。始知公之日记非漫书也。

［述评］蒋颖叔为江淮发运，尝于所居公署前立占风旗，使日候之置籍焉[1]。令诸漕纲日程亦各记风之便逆。每运至，取而合之，责其稽缓者，纲吏畏服。文襄亦有所本。

1 使日候之置籍焉：派人每天看着，并记录下来。

陈霁岩

陈霁岩为楚中督学。初到任，江夏县送进文书千余角，书办先将“照详”“照验”分作两处。公夙闻先辈云：“前道有驳提文书[1]难以报完者，必乘后道初到时，贿嘱吏书，从‘照验’中混缴。”公乃费半日功，将“照验”文书逐一亲查，中有一件驳提，该吏者混入其中。先暗记之，命书办细查，戒勿草草。书办受贿，径以无弊对。公摘此一件而质之，重责问罪革役。后“照验”文书更不敢欺。

1 驳提文书：被驳回的文书。

张敞　虞诩

长安市多偷盗，百贾苦之。张敞既视事，求问长安父老，偷盗酋长数人，居皆温厚，出从童骑，闾里以为长者。敞皆召见责问，因贳[1]其罪，把其宿负[2]，令致诸偷以自赎。偷长曰："今一旦召诣府，恐诸偷惊骇，愿一切受署[3]。"敞皆以为吏，遣归休。置酒，小偷悉来贺，且饮醉，偷长以赭污其衣裾。吏坐里闾阅出者，见污赭，辄收缚，一日捕得数百人。穷治所犯，市盗遂绝。

朝歌贼宁季等数千人攻杀长吏，屯聚连年，州郡不能禁，乃以诩为朝歌长。始到，谒河内太守马棱，愿假辔策[4]，勿令有所拘阂[5]。边批：要紧。及到官，设三科以募壮士，自掾史而下，各举所知：其攻劫者为上，伤人偷盗者次之，不事家业者为下。收得百余人，诩为飨会，悉贳其罪，使入贼中，诱令劫掠，乃伏兵以待之，遂杀贼数百人。又潜遣贫人能缝者佣作贼衣，以彩线缝其裾为识，有出市里者，吏辄擒之，贼由是骇散。

1 贳：定罪但是不惩罚，留观后效，类似缓刑。 2 把其宿负：拿以前的事作为把柄。 3 愿一切受署：恳请聘用为官府公务员。 4 假辔策：放宽标准，不拘一格，不要严格按照条文办理。假，放缓，放松。 5 拘阂：约束，阻挠。

王世贞

王世贞备兵青州，部民雷龄以捕盗横莱、潍间，海道宋购之急而遁，以属世贞。世贞得其处，方欲掩取，而微露其语[1]于王捕尉者，还报又遁矣。世贞阳曰："置之[2]。"又旬月，而王尉擒得他盗，世贞知其为龄力也，忽屏左右召王尉诘之："若奈何匿雷龄？往立阶下，闻捕龄者非汝邪？"王惊谢，愿以飞骑取龄自赎。俄龄至，世贞曰："汝当死，然汝能执所善某某盗来，汝生矣。”而令王尉与俱，果得盗。世贞遂言于宋而宽之。边批：留之有用。

官校捕七盗，逸其一。盗首妄言逸者姓名，俄缚一人至，称冤。乃令置盗首庭下差远，而呼缚者跽[3]阶上，其足蹑丝履，盗数后窥之。世贞密呼一隶，蒙缚者首，使隶肖[4]之，而易其履以入。盗不知其易也，即指丝履者，世贞大笑曰：“尔乃以吾隶为盗！”即释缚者。

1微露其语：不小心走漏口风。 2置之：放下，不再管这件事了。 3跽：跪。 4肖：模仿，假扮。

王璥 王守仁

贞观中，左丞李行德弟行诠，前妻子忠烝[1]其后母，遂私匿之，诡敕追入内行[2]。廉不知，乃进状问，奉敕推诘至急[3]。其后母诈以领巾勒项卧街中。长安县诘之，云：“有人诈宣敕唤去，一紫袍人见留宿，不知姓名，勒项送至街中。”忠惶恐，私就卜问[4]，被不良人疑之，执送县。尉王璥引就房内推问，不允。璥先令一人于褥下伏听，令一人走报长使唤璥，锁房门而去，子母相谓曰：“必不得承！”并私密之语，璥至开门，案下人亦起，母子大惊，并具承伏法云。

贼首王和尚，攀出同伙有多应亨、多邦宰者，骁悍倍于他盗，招服已久。忽一日，应亨母从兵道告办一纸，准批下州，中引王和尚为证。公思之，此必王和尚受财，许以辨脱耳。乃于后堂设案桌，桌围内藏一门子，唤三盗俱至案前覆审。预戒皂隶报以寅宾馆有客，公即舍之而出。少顷还入，则门子从桌下出云："听得王和尚对二贼云：'且忍两夹棍，俟为汝脱也。'"三盗惶遽，叩头请死。

1烝：与母亲一辈的人通奸。 2诡敕追入内行：谎称皇帝敕令将其召唤走了。 3奉敕推诘至急：（进状问皇帝是否有此事后）皇帝敕令查清事情，找到人，口气比较重，催得比较急。4私就卜问：四下到处打听。

苏涣

苏涣知衡州时，耒阳民为盗所杀而盗不获。尉执一人指为盗，涣察而疑之，问所从得，曰："弓手见血衣草中，呼其侪视之，得其人以献。"涣曰："弓手见血衣，当自取之以为功，尚肯呼他人？此必为奸。"讯之而服，他日果得真盗。

范槚

范槚，会稽人，守淮安。景王出藩，大盗谋劫王，布党起天津至鄱阳，分徒五百人，往来游奕。一日晚衙罢，门卒报有贵客入僦潘氏园寓孥者，问："有传牌乎？"曰："否。"命诇[1]之，报曰："从者众矣，而更出入。"心疑为盗，阴选健卒数十，易衣帽如庄农，曰："若往视其徒入肆者，阳与饮，饮中挑与斗，相执絷以来。"而戒曰："慎勿言捕贼也。"卒既散去，公命舆谒客西门，过街肆，持者前诉，即收之。比反，得十七人。阳怒骂曰："王舟方至，官司不暇食，暇问汝斗乎？"叱令就系。入夜，传令儆备，而令吏饱食以需。漏下二十刻，出诸囚于庭，厉声叱之，吐实如所料。即往捕贼，贼首已遁。所留孥，妓也。于是飞骑驰报徐、扬诸将吏，而毙十七人于狱，全贼溃散。

1 诇：侦查。

张小舍

相传维亭张小舍善察盗。偶行市中，见一人衣冠甚整，遇荷草者，捋取数茎，因如厕。张俟其出，从后叱之，其人惶惧，鞫之，盗也。又尝于暑月游一古庙之中，有三四辈席地鼾睡，傍有西瓜劈开未食，张亦指为盗而擒之，果然。或叩其术，张曰："入厕用草，此无赖小人，其衣冠必盗来者。古庙群睡，夜劳而昼倦，劈西瓜以辟蝇也。"时为之语云："天不怕，地不怕，只怕维亭张小舍。舍，吴音沙，去声。"后遇瞽丐于途，疑而迹之，见其跨沟而过，擒焉，果盗魁，其瞽则伪也。请以重赂免，期某日，过期不至，久之，张复遇诸途，责以渝约，盗曰："已输于卧床之左足，但夜至，不敢惊寝耳。"张犹未信，曰："以何为征？"盗即述是夜其夫妇私语，张始大骇，归视床足，有物系焉，如所许数，兼得一利刃，悚然曰："危哉乎？"自是察盗颇疏。

［述评］小舍智，此盗亦智。小舍先察盗，智；后疏于察盗，更智。

苏无名

天后时，尝赐太平公主细器宝物两食盒，所直黄金百镒。公主纳之藏中，岁余，尽为盗所得。公主言之，天后大怒，召洛州长史谓曰："三日不得盗，罪死！"长史惧，谓两县主盗官曰："两日不得贼，死！"尉谓吏卒、游徼曰："一日必擒之，擒不得，先死！"吏卒、游徼惧，计无所出。衢中遇湖州别驾苏无名，素知其能，相与请之至县。尉降阶问计，无名曰："请与君求对玉阶，乃言之。"于是天后问曰："卿何计得贼？"无名曰："若委臣取贼，无拘日月，且宽府县，令不追求，仍以两县擒盗吏卒尽以付臣，为陛下取之，亦不出数日耳。"天后许之。无名戒吏卒缓至月余。值寒食，无名尽召吏卒约曰："十人五人为侣，于东门北门伺之，见有胡人与党十余，皆缞绖相随出赴北邙者，可踵之而报。"吏卒伺之，果得，驰白无名曰："胡至一新冢，设奠，哭而不哀，既撤奠，即巡行冢旁，相视而笑。"无名喜曰："得之矣。"因使吏卒尽执诸胡，而发其冢，剖棺视之，棺中尽宝物也。奏之，天后问无名："卿何才智过人而得此盗？"对曰："臣非有他计，但识盗耳。当臣到都之日，即此胡出葬之时，臣见即知是偷，但不知其葬物处。今寒食节拜扫，计必出城，寻其所之，足知其墓。设奠而哭不哀，明所葬非人也；巡冢相视而笑，喜墓无损也。向若陛下迫促府县擒贼，贼计急，必取之而逃。今者更不追求，自然意缓，故未将出。"天后曰："善。"赠金帛，加秩[1]二等。

1 秩：品秩，官位等级。

陈懋仁

陈懋仁《泉南杂志》云：城中一夕被盗，捕兵实为之[1]。招直巡两兵，一以左腕，一以胸次，俱带黑伤而不肿裂，谓贼棍殴，意在抵饰。当事督责司捕，辞甚厉。余意棍殴处未有不致命且折，亦未有不肿且裂者。无之，是必赝作，问诸左右曰：“吾乡有草可作伤色者，尔泉地云何？”答曰：“此名‘千里急’。”余令取捣碎，别涂两人如其处，少焉成黑，以示两兵，两兵愕然，遂得奸状。自是向道绝，而外客无所容也。

按《本草》：千里急，一名千里及，藤生道旁篱落间，叶细而厚，味苦平，小有毒，治疫气结黄、瘴疟、蛊毒，煮汁服，取吐下，亦捣敷蛇犬咬，不入众药。此草可染肤黑，如凤仙花可染指红也。

1 实为之：受伤。

某京师指挥

京师有盗劫一家，遗一册，旦视之，尽富室子弟名。书曰“某日某甲会饮某地议事”或“聚博挟娼”云云，凡二十条。以白于官，按册捕至，皆跅弛少年也，良以为是。各父母谓诸儿素不逞，亦颇自疑。[1]及群少饮博诸事悉实，盖盗每侦而籍之也。少年不胜榜毒，诬服。讯贿所在，浪言埋郊外某处，发之悉获。诸少相顾骇愕云：“天亡我！”遂结案伺决。一指挥疑之而不得其故，沉思良久，曰：“我左右中一髯，职豢马耳，何得每讯斯狱辄侍侧？”因复引囚鞫数四，察髯必至，他则否。猝呼而问之，髯辞无他。即呼取炮烙具，髯叩头请屏左右，乃曰：“初不知事本末，唯盗赂奴，令每治斯狱，必记公与囚言驰报，许酬我百金。”乃知所发赃，皆得报宵瘗之也。髯请擒贼自赎，指挥令数兵易杂衣与往，至僻境，悉擒之，诸少乃得释。

［述评］成化中，南郊事竣，撤器，失金瓶一。有庖人执事瓶所，捕之系狱，不胜拷掠，竟诬服。诘其赃，谬云：“在坛前某地。”

如言觅之，不获。又系之，将毙焉。俄真盗以瓶系金丝鬻于市，市人疑之，闻于官，逮至，则卫士也。招云："既窃瓶，急无可匿，遂瘗于坛前，只掠取系索耳。"发地，果得之，比庖人谬言之处相去才数寸。使前发者稍广咫尺，则庖人死不白矣，岂必豢马髯在侧乃可疑哉？讯盗之难如此。

1此二句意：各位被抓少年的父母都认为自己的儿子确实纨绔，不干正经事，但是说他们是强盗却也很怀疑，不能接受。

李复亨

李复亨年八十登进士第，调临晋主簿。护送官马入府，宿逆旅，有盗杀马。复亨曰："不利而杀之，必有仇者。"尽索逆旅商人过客，同邑人橐中盛佩刀，谓之曰："刀蔑[1]马血，火煅之则刃青。"其人款伏，果有仇。以提刑荐迁南和令，盗割民家牛耳。复亨尽召里中人至，使牛家牵牛遍过之，至一人前，牛忽惊跃，诘之，乃引伏。

［述评］煅刀而得盗，所以贵格物也。然庐州之狱，官不能决，而老吏能决之，故格物又全在问察。

太常博士李处厚知庐州县，有殴人死者，处厚往验，悉糟胾灰汤之法不得伤迹。老书吏献计：以新赤油伞日中覆之，以水沃尸，其迹必见。[2]如其言，伤迹宛然。

1蔑：沾上。　2以新赤油伞日中覆之，以水沃尸：中午太阳最大的时候，将崭新的红色油纸伞罩在（尸体）上面，将水浇在尸体上，浇湿浇透。

向敏中

向敏中在西京时，有僧暮过村求寄宿，主人不许，于是权寄宿主人外车厢。夜有盗自墙上扶一妇人囊衣而出，僧自念不为主人所纳，今主人家亡其妇人及财，明日必执我。因亡去。误堕眢井，则妇人已为盗所杀，先在井中矣。明日，主人踪迹得之，执诣县。僧自诬服，诱与俱亡，惧追者，因杀之投井中，暮夜不觉失足，亦坠；赃在井旁，不知何人取去。狱成言府，府皆平允，独敏中以赃不获致疑，乃引僧固问，得其实对。敏中密使吏出访，吏食村店，店妪闻自府中来，问曰："僧之狱何如？"吏绐之曰："昨已笞死矣。"妪曰："今获贼何如？"曰："已误决此狱，虽获贼亦不问也。"妪曰："言之无伤矣，妇人者，乃村中少年某甲所杀也。"指示其舍，吏就舍中掩获之。案问具服，并得其赃，僧乃得出。

［述评］前代明察之官，其成事往往得吏力。吏出自公举，故多可用之才。今出钱纳吏，以吏为市耳，令访狱，便鬻狱矣；况官之心犹吏也，民安得不冤？

钱藻

钱藻备兵密云，有二京军劫人于通州。获之，不服，州以白藻。二贼恃为京军，出语无状，藻乃移甲于大门之外，独留乙鞫问数四，声色甚厉。已而握笔作百许字，若录乙口语状，遣去。随以甲入，绐之曰："乙已吐实，事由于汝，乙当生，汝当死矣！"甲不意其绐也，忿然曰："乙本首事，何委于我？"乃尽白乙首事状。藻出乙证之，遂论如法。

吉安某老吏

吉安州富豪娶妇，有盗乘人冗杂，入妇室，潜伏床下，伺夜行窃。不意明烛达旦者三夕，饥甚奔出，执以闻官。盗曰："吾非盗也，医也。妇有癖疾，令我相随，常为用药耳。"宰诘问再三，盗言妇家事甚详，盖潜伏时所闻枕席语也。宰信之，逮妇供证，富家恳免，不从。谋之老吏，吏白宰曰："彼妇初归[1]，不论胜负，辱莫大焉。盗潜入突出，必不识妇，若以他妇出对，盗若执之，可见其诬矣。"宰曰："善。"选一妓，盛服舆至，盗呼曰："汝邀我治病，乃执我为盗耶？"宰大笑，盗遂伏罪。

1 归：嫁人。

吴复

溧水人陈德，娶妻林岁余，家贫佣于临清。林绩麻自活，久之，为左邻张奴所诱，意甚相惬。历三载，陈德积数十金囊以归，离家尚十五里，天暮且微雨。德虑怀宝为累，乃藏金于水心桥第三柱之穴中，徒步抵家。而林适与张狎，闻夫叩门声，匿床下。既夫妇相见劳苦，因叙及藏金之故。比晨往，而张已窃听，启后扉出，先掩有之矣。林心不在夫，既闻亡金，疑其诳，怨詈交作。时署县事者晋江吴复，有能声，德为诉之，吴笑曰："汝以腹心向妻，不知妻别有腹心也。"拘林至，严讯之，林呼枉，德心怜妻，愿弃金。吴叱曰："汝诈失金，戏官长乎？"置德狱中，而释林以归，随命吏人之黠者为丐容，造林察之，得张与林私问慰状。吴并擒治，事遂白。一云，此亦广东周新按察浙江时事。

高湝 杨津

北齐任城王湝领并州刺史。有妇人临汾水浣衣，有乘马行人换其新靴，驰而去。妇人持故靴诣州言之，湝召居城诸妪，以靴示之，边批：如妪多，安得尽召？悬靴为招可也。绐云："有乘马人于路被贼劫害，遗此靴焉，得无亲族乎？"一妪抚膺哭曰："儿昨着此靴向妻家也。"捕而获之，时称明察。

杨津为岐州刺史，有武功人赍绢三匹，去城十里为贼所劫。时有使者驰驿而至，被劫人因以告之。使者到州以状白津，津乃下教云："有人着某色衣，乘某色马，在城东十里被杀，不知姓名，若有家人，可速收视。"有一老母行哭而出，云是己子。于是遣骑追收，并绢俱获，自是合境畏服。

刘宰

宰为泰兴令，民有亡金钗者，唯二仆妇在，讯之，莫肯承。宰命各持一芦去，曰："不盗者，明日芦自若；果盗，明旦则必长二寸。"明视之，则一自若，一去芦二寸矣，盖虑其长也。盗遂服。

陈襄

襄摄浦城令。民有失物者，贼曹捕偷儿数辈至，相撑拄[1]。

襄曰："某庙钟能辨盗，犯者扪之辄有声，否则寂。"乃遣吏先引盗行，自率同列诣钟所，祭祷而阴涂以墨，蔽以帷，命群盗往扪。少焉呼出，独一人手不污。扣之，乃盗也。盖畏钟有声，故不敢扪云。

按：襄倡道海滨，与陈烈、周希孟、郑穆为友，号"四先生"云。

1 撑拄：抵赖，否认。

秦桧　慕容彦超

秦桧为相，都堂左揆前有石榴一株，每著实，桧默数焉。亡其二，桧佯不问。一日将排马，忽顾左右取斧伐树，有亲吏在旁，仓卒对曰："实佳甚，去之可惜！"桧反顾曰："汝盗食吾榴。"吏叩头服。

有献新樱于慕容彦超，俄而为给役人盗食，主者白之。彦超呼给役人，伪慰之曰："汝等岂敢盗新物耶，盖主者诬执耳！勿怀忧惧。"各赐以酒，潜令左右入"藜芦散"。既饮，立皆呕吐，新樱在焉，于是伏罪。

子产　严遵

郑子产晨出，过东匠之间，闻妇人之哭也，抚其御之手而听之[1]。有间，遣吏执而问之，则手绞[2]其夫者也。异日其御问曰："夫子何以知之？"子产曰："其声惧。凡人于其亲爱也，始病而忧，临死而惧，已死而哀。今夫哭已死不哀而惧，是以知其有奸也！”

严遵为扬州行部，闻道旁女子哭而不哀。问之，云夫遭火死。遵使舆尸到，令人守之，曰：“当有物往。”更日，有蝇聚头所，遵令披视，铁椎贯顶。考问，乃以淫杀夫者。韩滉在润州事同。

1 抚其御之手而听之：碰碰车夫的手，让他停车，仔细倾听。御，车夫。 2 绞：绞死。

元绛

江宁推官元绛摄上元令。甲与乙被酒相殴，甲归卧，夜为盗断足。妻称乙，执乙诣县，而甲已死。绛敕其妻曰：“归治夫丧，乙已服矣。”阴遣谨信吏迹其后，望一僧迎笑，切切私语，绛命取系庑下，诘妻奸状，即吐实。人问其故，绛曰：“吾见妻哭不哀，且与伤者共席而襦无血污，是以知之。”

蒋恒

贞观中，衡州板桥店主张迪妻归宁，有卫三、杨真等三人投宿，五更早发。夜有人取卫三刀杀张迪，其刀却内鞘中，真等不知之。至明，店人追真等，视刀有血痕，囚禁拷讯，真等苦毒，遂自诬服。上疑之，差御史蒋恒覆推。恒命总追店人十五已上毕至，为人不足，且散。唯留一老婆，年八十，至晚放出，令狱典密觇之，曰：“婆出，当有一人与婆语者，即记其面貌。”果有人问婆：“使君作何推勘？”如此三日，并是此人。恒令擒来鞫之，与迪妻奸杀有实。上奏，敕赐帛二百段，除侍御史。

［述评］张松寿为长安令，治昆明池侧劫杀事，亦用此术。

杨逢春

南京刑部典吏王宗，闽人。一日当直，忽报其妾被杀于馆舍，宗奔去旋来，告尚书周公用。发河南司究问，欲罪宗。宗云："闻报而归，众所共见。且是妇无外行，素与宗欢，何为杀之？"官不能决。既数月，都察院令审事，檄浙江道御史杨逢春。杨示，约某夜二更后鞫王宗狱。如期，猝命隶云："门外有觇示者，执来。"果获两人，甲云："彼挈某伴行，不知其由。"乃舍之，用刑穷乙，乙具服。言与王宗馆主人妻乱，为其妾所窥，杀之以灭口。即置于法而释宗。杨曰："若日间，则观者众矣，何由踪迹其人？人非切己事，肯深夜来看耶？"由是称为神明。

马光祖

马裕斋知处州，禁民捕蛙。一村民将生瓜切作盖，刳虚其腹，实蛙于中，黎明持入城，为门卒所捕。械至庭，公心怪之，问："汝何时捕此蛙？"答曰："夜半。"问："有人知否？"曰："唯妻知。"公疑妻与人通，逮妻鞫之，果然。盖人欲陷夫而夺其妻，故使妻教夫如此。又先诫门卒，以故捕得，公遂置奸淫者于法。

范纯仁

参军宋儋年暴死。范纯仁使子弟视丧，小敛，口鼻血出。纯

［宋］刘松年《中兴四将图》（局部）

［明］刘俊《雪夜访普图》

仁疑其非命，按得其妾与小吏奸，因会，置毒鳖肉中。纯仁问：“食肉在第几巡？”曰：“岂有既中毒而尚能终席者乎？”再讯之，则僭年素不食鳖，其曰毒鳖肉者，盖妾与吏欲为变狱张本[1]以逃死尔，实僭年醉归，毒于酒而杀之，遂正其罪。

1为变狱张本：为将来推翻供词翻案做准备。

刘宗龟

刘宗龟镇海南。有富商子少年泊舟江岸，见高门一妙姬，殊不避人。少年挑之曰：“黄昏当访宅矣。”姬微哂。是夕，果启扉候之，少年未至，有盗入欲行窃，姬不知，就之。盗谓见执，以刀刺之，遗刀而逸。少年后至，践其血，仆地，扪之，见死者，急出，解维而去。明日，其家迹至江岸，岸上云：“夜有某客舡径发。”官差人追到，拷掠备至，具实吐之，唯不招杀人。视其刀，乃屠家物，宗龟下令曰：“某日演武，大飨军士，合境庖丁，集球场以俟。”烹宰既集，又下令曰：“今日已晚，可翼日至。”乃各留刀，阴以杀人刀杂其中，换下一口，明日各来请刀，唯一屠者后至，不肯持去，诘之，对曰：“此非某刀，乃某人之刀耳。”命擒之，则已窜矣。乃以他死囚代商子，侵夜毙于市。窜者知囚已毙，不一二夕果归，遂擒伏法。商子拟以奸罪，杖背而已。

某郡从事

有人因他适回，见其妻被杀于家，但失其首，奔告妻族。妻族以婿杀女，讼于郡主。刑掠既严，遂自诬服。独一从事疑之，谓使君曰：“人命至重，须缓而穷之。且为夫者，谁忍杀妻？纵有隙而害之，必为脱祸之计，或推病殒，或托暴亡。今存尸而弃首，其理甚明。请为更谳[1]。”使君许之，从事乃迁此系于别室，仍给酒食。然后遍勘在城仵作行人，令各供近来与人家安厝坟墓多少文状。既而一一面诘之，曰：“汝等与人家举事，还有可疑者乎？”中一人曰：“某于一豪家举事，共言杀却一奶子，于墙上舁过，凶器[2]中甚似无物，见在某坊。”发之，果得一妇人首。令诉者验认，则云“非是”。遂收豪家鞫之，豪家款伏，乃是与妇私好，杀一奶子，函首而葬之，以妇衣衣奶子身尸，而易妇以归，畜于私室，其狱遂白。

1 谳：审判。 2 凶器：棺木。

徽州富商

徽富商某，悦一小家妇，欲娶之，厚饵其夫。夫利其金以语妇，妇不从，强而后可。卜夜为具招之，故自匿，而令妇主觞。商来稍迟，入则妇先被杀，亡其首矣，惊走，不知其由。夫以为商也，讼于郡，商曰：“相悦有之，即不从，尚可缓图，何至杀之？”一老人曰：“向时叫夜僧，于杀人次夜遂无声，可疑也。”商募人察僧所在，果于傍郡识之，乃以一人着妇衣居林中，候僧过，作妇声呼曰：“和尚还我头。”僧惊曰：“头在汝宅上三家铺架上。”众出缚僧，僧知语泄，曰：“伺其夜门启，欲入盗，见妇盛装泣床侧，欲淫不可得，杀而携其头出，挂在三家铺架上。”拘上三家人至，曰：“有之，当时惧祸，移挂又上数家门首树上。”拘又上数家人至，曰：“有之，当日即埋在园中。”遣吏往掘，果得一头，乃有须男子，边批：天理。再掘而妇头始出，问：“头何从来？”乃十年前斩其仇头，于是二人皆抵死。

临海令

临海县迎新秀才适黉宫，有女窥见一生韶美，悦之。一卖婆在傍曰："此吾邻家子也，为小娘子执伐[1]，成，佳偶矣。"卖婆以女意诱生，生不从。卖婆有子无赖，因假生夜往，女不能辨。一日，其家舍客，夫妇因移女，而以女榻寝之，夜有人断其双首以去，明发以闻于县，令以为其家杀之，而橐装无损，杀之何为？乃问："榻向寝谁氏？"曰："是其女。"令曰："知之矣。"立逮其女，作威震之曰："汝奸夫为谁？"曰："某秀才。"逮生至，曰："卖婆语有之。何尝至其家？"又问女："秀才身有何记？"曰："臂有痣。"视之无有。令沉思曰："卖婆有子乎？"逮其子，视臂有痣，曰："杀人者，汝也。"刑之，即自输服。盖其夜扪得骈首，以为女有他奸，杀之，生由是得释。

1 执伐：做媒。

李杰　包恢

李杰为河南尹。有寡妇讼子不孝，杰物色非是，语妇曰："若子法当死，得无悔乎？"答曰："子无状，不悔也。"边批：破绽。杰乃命妇出，市棺为敛尸地，而阴令使踪迹之。妇出，乃与一道士语，顷之，棺至，杰捕道士按之，故与妇私，而碍于其子不得逞者。杰即杀道士，纳之棺。边批：快人。

包恢知建宁。有母诉子者，年月后作"疏"字。恢疑之，呼其子问，泣不言。恢意母孀与僧通，恶其子谏而坐以不孝，状则僧为之也，因责子侍养勿离跬步。僧无由至，母乃托夫讳日入寺作佛事，以笼盛衣帛出，旋纳僧笼内以归。恢廉知，使人要其笼，置诸库，逾旬，吏报笼中臭，恢乃命沉诸江，语其子曰："吾为若除此害矣。"

汪旦

广西南宁府永淳县宝莲寺有"子孙堂"，傍多净室，相传祈嗣颇验，布施山积。凡妇女祈嗣，须年壮无疾者，先期斋戒，得圣筶方许止宿。其妇女或言梦佛送子，或言罗汉，或不言；或一宿不再，或屡宿屡往。因净室严密无隙，而夫男居户外，故人皆信焉。闽人汪旦初莅县，疑其事，乃饰二妓以往，属云："夜有至者，勿拒，但以朱墨汁密涂其顶。"次日黎明，伏兵众寺外，而亲往点视，众僧仓惶出谒，凡百余人，令去帽，则红头墨头者各二，令缚之，而出二妓使证其状，云："钟定后，两僧更至，赠调经种子丸一包。"汪令拘讯他求嗣妇女，皆云"无有"，搜之，各得种子丸如妓，乃纵去不问，而召兵众入，众僧慑不敢动，一一就缚。究其故，则地平或床下悉有暗道可通，盖所污妇女不知几何矣。既置狱，狱为之盈。住持名佛显，谓禁子凌志曰："我掌寺四十年，积金无算，自知必死，能私释我等暂归取来，以半相赠。"凌许三僧从显往，而自与八辈随之。既至寺，则窖中黄白灿然，恣其所取。僧阳束卧具，而阴收寺中刀斧之属，期三更斩门而出。汪方秉烛，构申详稿，忽心动，念百僧一狱，卒有变莫支，乃密召快手持械入宿。甫集，而僧乱起，僧所用皆短兵，众以长枪御之，僧不能敌，多死。显知事不谐，扬言曰："吾侪好丑区别，相公不一一细鞫，以此激变，然反者不过数人，今已诛死，吾侪当面诉相公。”汪令刑房吏谕曰：“相公亦知汝曹非尽反者，然反者已死，可尽纳器械，明当庭鞫分别之。”器械既出，于是召僧每十人一鞫，以次诛绝。至明，百僧歼焉。究器械入狱之故，始知凌志等弊窦，而志等则已死于兵矣。

［述评］万历乙未岁，西吴许孚远巡抚八闽，断某寺绛衣真人从大殿蒲团下出，事略同。

慕容彦超

慕容彦超为泰宁节度使，好聚敛，在镇常置库质钱。有奸民为伪银以质者，主吏久之乃觉。彦超阴教主吏夜穴库垣，尽徙金帛于他所，而以盗告。彦超即榜市，使民自言所质以偿，于是民争来言，遂得质伪银者。超不罪，置之深室，使教十余人为之，皆铁为之质而包以银，号“铁胎银”。

［述评］得质伪银者，巧矣；教十余人为之，是自为奸也。后周兵围城，超出库中银劳军。军士哗曰：“此铁胎耳！”咸不为用，超遂自杀。此可为小智亡身之戒。

韩琦

中书习旧弊，每事必用例。五房吏操例在手，顾金钱惟意所去取。于欲与，即检行之；所不欲，或匿例不见。韩魏公令删取五房例及刑房断例，除其冗谬不可用者，为纲目类次之，封誊谨掌，每用例必自阅，自是人始知赏罚可否出宰相，五房吏不得高下其间。

［述评］“例”之一字，庸人所利，而豪杰所悲。用例已非，况由吏操纵，并例亦非公道乎。

寇莱公作相时，章圣语两府择一人为马步军指挥使。公方拟议，门吏有以文籍进者，问之，曰：“例簿也。”公叱曰：“朝廷欲用一牙官，尚须简例，又安用我辈哉？坏国政者正此耳！”

今日事事为例，为莱公不能矣，能为魏公，其庶乎？

江点

江点，字德舆，崇安人。以特恩补官，调郢州录参时，郡常平库失银。方缉捕，有刘福者因贸易得银一筒，上有“田家抵当”四字，一银工发其事，刘不能直。籍其家，约万余缗，法当死。点疑其枉，又见款牍不圆[1]，除所发者皆非正赃，点反覆诘问，刘苦于锻冶[2]，不愿平反。边批：可怜。点立言于守，别委推问，得实与点同，然未获正贼，刘终难释。未几，经总军资两库皆被盗，失金以万计，点料必前盗也。州司有使臣李义者，馆一妓，用度甚侈，点疑之，未敢轻发，会制司行下，买营田耕牛。点因而阴遣人袭妓家，得金一束，遂白于府，即简使臣行李，中皆三库所失之物，刘方得释。人皆服点之明见。

1 款牍不圆：口供自相矛盾或不完整。 2 锻冶：刑讯拷问。

胆智部第四

胆智部总序

冯子曰：凡任[1]天下事，皆胆也；其济[2]，则智也。知水溺，故不陷；知火灼，故不犯。其不陷不犯，非无胆也，智也。若自信入水必不陷，入火必不灼，何惮而不入耶？智藏于心，心君而胆臣，君令则臣随。令而不往，与夫不令而横逞者，其君弱。故胆不足则以智炼之，胆有余则以智裁之。智能生胆，胆不能生智。刚之克也，勇之断也，智也。赵思绾尝言“食人胆至千，刚勇无敌”，每杀人，辄取酒吞其胆。夫欲取他人之胆，益己之胆，其不智亦甚矣！必也取他人之智，以益己之智，智益老而胆益壮，则古人中之以“威克”、以“识断”者，若而人，吾师乎！

1 任：敢于承担。　2 济：把事情办成。

威克卷十一

履虎不咥[1]，鞭龙得珠。岂曰溟涬，厥有奇谋。集《威克》。

1 履虎不咥：踩住老虎它就咬不到你。

侯嬴

夷门监者侯嬴，年七十余，好奇计。秦伐赵急，魏王使晋鄙救赵，畏秦，戒勿战。平原君以书责信陵君，信陵君欲约客赴秦军，与赵俱死，谋之侯生，生乃屏人语曰："嬴闻晋鄙兵符在王卧内，而如姬最幸，力能窃之。昔如姬父为人所杀，公子使客斩其仇头进如姬，如姬欲为公子死无所辞，顾未有路耳[1]。公子诚一开口，如姬必许诺，则得虎符。夺晋鄙军，北救赵而西却秦，此五霸之功也。"公子从其计，请如姬。如姬果盗符与公子。公子行，侯生曰："将在外，主令有所不受。公子即合符，而晋鄙不授公子兵而复请之，事必危矣。臣客屠者朱亥可与俱，此人力士。晋鄙听，大善；不听，可使击之。"于是公子请朱亥，朱亥笑曰："臣乃市井鼓刀屠者，而公子亲数存之。所以不报谢者，以为小礼无所用。今公子有急，此乃臣效命之秋也。"遂与公子俱。公子至邺，矫魏王令代晋鄙兵，晋鄙合符，果疑之，欲无听。朱亥袖四十斤铁椎椎杀晋鄙，边批：既矫王令，必责以逗留之罪，非漫然为无名之诛。公子遂将晋鄙兵进，大破秦军。

［述评］信陵邯郸之胜，决于椎晋鄙；项羽巨鹿之胜，决于斩宋义。夫大将且以拥兵逗留被诛，三军有不股栗愿死者乎？不待战而敌已破矣，儒者犹以擅杀议刑，是乌知扼要之策乎？

1顾未有路耳：苦于没有门路，意思是平原君此前对如姬无所求，如姬没有报答的机会。

班超

窦固出击匈奴，以班超为假司马，将兵别击伊吾，战于蒲类海，多斩首虏而还。固以为能，遣与从事郭恂俱使西域。超到鄯善，鄯善王广奉超礼敬甚备，后忽更疏懈。超谓其官属曰："宁觉广礼意薄乎？此必有北虏使来，狐疑未知所从故也。明者睹未萌，况已著耶？[1]"乃召侍胡[2]，诈之曰："匈奴使来数日，今安在？"侍胡惶恐，具服其状[3]。超乃闭侍胡，悉会其吏士三十六人，与共饮，酒酣，因激怒之曰："卿曹与我俱在西域，欲立大功以求富贵，今虏使到数日，而王广礼敬即废。如令鄯善收吾属送匈奴，骸骨长为豺狼食矣，为之奈何？"官属皆曰："今危亡之地，死生从司马。"超曰："不入虎穴，不得虎子！当今之计，独有因夜以火攻虏，使彼不知我多少，必大震怖，可殄尽也！灭此虏，则鄯善破胆，功成事立矣！"众曰："当与从事议之。"超怒曰："吉凶决于今日，从事文俗吏，闻此必恐而谋泄，死无所名，非壮士也。"众曰："善。"初夜，遂将吏士往奔虏营，边批：古今第一大胆。会天大风，超令十人持鼓，藏虏舍后，约曰："见火然后鸣鼓大呼。"余人悉持弓弩，夹门而伏，边批：三十六人用之有千万人之势。超乃顺风纵火，前后鼓噪。虏众惊乱，超手格杀三人，吏兵斩其使及从士三十余级，余众百许人，悉烧死。明日乃还告郭恂，恂大惊，既而色动。超知其意，举手曰："掾虽不行，班超何心独擅[4]之乎？"恂乃悦。超于是召鄯善王广，以虏使首示之，一国震怖。超晓告抚慰，遂纳子为质，还奏于窦固。固大喜，具上超功效，并求更选使使西域。帝壮超节，诏固曰："吏如班超，何故不遣而更选乎？边批：明主。今以超为军司马，令遂前功。"超复受使，因欲益其兵，超曰："愿将本所从三十余人足矣。如有不虞[5]，多益为累。"是时于阗王广德新攻破莎车，遂雄张南道，而匈奴遣使监护其国。超既西，先至于阗，广德礼意甚疏，且其俗信巫，巫言神怒："何故欲向汉？汉使有騧马，急求取以祠我。"广德乃遣使就超请马，超密知其状，报许之，而令巫自来取马。有顷，巫至，超即斩其首以送广德，因辞让之。广德素闻超在鄯善诛灭虏使，大惶恐，即攻杀匈奴使而降超。超重赐其王以下，因镇抚焉。

［述评］必如班定远，方是满腹皆兵，浑身是胆。赵子龙、姜伯约不足道也。

辽东管家庄，长男子不在舍，建州虏至，驱其妻子去。三数日，壮者归，室皆空矣。无以为生，欲佣工于人，弗售。乃谋入虏地伺之，见其妻出汲，密约夜以薪积舍户外焚之，并积薪以焚其屋角。火发，贼惊觉，裸体起出户，壮者射之，贼皆死。挈其妻子，取贼所有归。是后他贼惮之，不敢过其庄云。此壮者胆勇，一时何减班定远？使室家无恙，或佣工而售，亦且安然不图矣。人急[6]计生，信夫！

1 明者睹未萌，况已著耶：聪明人应该在事情未萌芽的时候就有所警觉，何况现在已经如此显著了。 2 侍胡：做接待的胡人。 3 具服其状：将情况原原本本、详详细细说出来。 4 独擅：贪功独占。 5不虞：凶险，不测。 6急：危难，困境。

耿纯

东汉真定王杨谋反，光武使耿纯持节收杨。纯既受命，若使州郡者至真定，止传舍。杨称疾不肯来，与纯书，欲令纯往。纯报曰："奉使见侯王牧守，不得先往，宜自强来！"时杨弟让、从兄绀皆拥兵万余。杨自见兵强而纯意安静，即从官属诣传舍，兄弟将轻兵在门外。杨入，纯接以礼，因延请其兄弟，皆至，纯闭门悉诛之。勒兵而出，真定震怖，无敢动者。

温造

宪宗时，戎羯乱华，诏下南梁起甲士五千人，令赴阙下。将起，帅人作叛，逐其帅，因团集拒命岁余。宪宗深以为患，京兆尹温造请以单骑往。至其界，梁人见止一儒生，皆相贺无患。及至，但宣召敕安存，一无所问。然梁师负过，出入者皆不舍器杖，温亦不诫之。他日球场中设乐，三军并赴。令于长廊下就食，坐筵前临阶南北两行，设长索二条，令军人各于面前索上挂其刀剑而食。酒至，鼓噪一声，两头齐力抨举其索，则刀剑去地三丈余矣。军人大乱，无以施其勇，然后合户而斩之。南梁人自尔累世不复叛。

哥舒翰　李光弼

唐哥舒翰为安西节度使，差都兵马使张擢上都奏事，逗留不返，纳贿交结杨国忠。翰适入朝，擢惧，求国忠除擢御史大夫兼剑南西川节度使。敕下，就第谒翰。翰命部下捽[1]于庭，数其罪，杖杀之，然后奏闻。帝下诏褒奖，仍赐擢尸，更令翰决尸一百。边批：圣主。

太原节度王承业，军政不修，诏御史崔众交兵于河东，众侮易承业，或裹甲持枪突入承业厅事，玩谑之。李光弼闻之，素不平，至是交众兵于光弼。众以麾下来，光弼出迎，旌旗相接而不避。光弼怒其无礼，又不即交兵，令收系之。顷中使至，除众御史中丞，怀其敕，问众所在，光弼曰："众有罪，系之矣。"中使以敕示光弼，光弼曰："今只斩侍御史；若宣制命，即斩中丞；若拜宰相，亦斩宰相。"中使惧，遂寝之而还。翼日，以兵仗围众至碑堂下，斩之，威震三军，命其亲属吊之。

[述评]或问擢与众诚有罪，然已除西川节度使及御史中丞矣，其如王命何？盖军事尚速，当用兵之际而逗留不返、拥兵不交，皆死法也。二人之除命必皆夤缘得之，而非出天子之意者，故二将得伸其权，而无人议其后耳。然在今日，莫可问矣。

1 捽：抓，捉。

柴克宏

后唐柴克宏有将略。其奉命救常州也，枢密李征古忌之，给以羸卒数千人，铠杖俱朽蠹者。将至常州，征古复以朱匡业代之，使召克宏。克宏曰："吾计日破贼，汝来召吾，必奸人也。"命斩之。使者曰："李枢密所命。"克宏曰："即李枢密来，吾亦斩之。”乃蒙船以幕，匿甲士其中，袭破吴越营。

［述评］奸臣在内，若受代而还，安知不又以无功为罪案乎？破敌完城，即忌口亦无所施矣！

杨素

杨素攻陈时，使军士三百人守营。军士惮北军之强，多愿守营。素闻之，即召所留三百人悉斩之，更令简留[1]，无愿留者。又对阵时，先令一二百人赴敌，或不能陷阵而还者，悉斩之。更令二三百人复进，退亦如之。将士股栗，有必死之心，以是战无不克。

［述评］素用法似过峻，然以御积惰之兵，非此不能作其气。夫使法严于上，而士知必死，虽置之散地，犹背水矣。

1 更令简留：第二天让将士守营不出。

吕公弼

公弼，夷简子，其治成都，治尚宽，人嫌其少威断。适有营卒犯法，当杖，扞[1]不受，曰：“宁以剑死。”公弼曰：“杖者国法，剑者自请。”为杖而后斩之，军府肃然。

1 扞：抗拒。

张咏

张咏在崇阳，一吏自库中出，视其鬓旁下有一钱，诘之，乃库中钱也。咏命杖之，吏勃然曰：“一钱何足道，乃杖我耶！

尔能杖我，不能斩我也！”咏笔判云：“一日一钱，千日千钱，绳锯木断，水滴石穿。”自仗剑下阶斩其首。申府自劾。崇阳人至今传之。

咏知益州时，尝有小吏忤咏，咏械其颈，吏恚曰：“枷即易，脱即难。”咏曰：“脱亦何难？”即就枷斩之，吏俱悚惧。

［述评］若无此等胆决，强横小人，何所不至？

贼有杀耕牛逃亡者，公许自首。拘其母，十日不出，释之；再拘其妻，一宿而来。公断曰：“拘母十夜，留妻一宿，倚门之望[1]何疏！结发之情何厚！”就市斩之。于是首身者继至，并遣归业。

［述评］袁了凡曰：“宋世驭守令之宽，每以格外行事，法外杀人。故不肖者或纵其恶，而豪杰亦往往得借以行其志。今守令之权渐削，自笞十至杖百仅得专决，而徒一年以上，必申请待报，往返详驳，经旬累月。于是文案益繁，而狴犴之淹系者亦多矣！”子犹曰：“自雕虫取士，资格困人，原未尝搜豪杰而汰不肖，安得不轻其权乎？吾于是益思汉治之善也！”

1 倚门之望：倚在门框上盼望，比喻母亲期盼儿子归来的关爱之心。

黄盖　况钟

黄盖尝为石城长。石城吏特难检御，盖至，为置两掾，分主诸曹，教曰：“令长不德，徒以武功得官，不谙文吏事。今寇未平，多军务，一切文书，悉付两掾，其为检摄诸曹，纠摘谬误。若有奸欺者，终不以鞭朴相加！”教下，初皆怖惧恭职，久之，吏以盖不治文书，颇懈肆。盖微省之，得两掾不法各数事，乃悉召诸掾，出数事诘问之。两掾叩头谢，盖曰：“吾业有敕，终不以鞭朴相加。不敢欺也。”竟杀之。诸掾自是股栗，一县肃清。

况钟，字伯律，南昌人，始由小吏擢为郎，以三杨特荐为苏州守。宣庙赐玺书，假便宜。初至郡，提控携文书上，不问当否，便判“可”。吏藐其无能，益滋弊窦。通判赵忱百方凌侮，公惟“唯唯”。既期月，一旦命左右具香烛，呼礼生来，僚属以下毕集。公言，有敕未宣，今日可宣之，内有“僚属不法，径自拿问”之语，于是诸吏皆惊。礼毕，公升堂，召府中胥，声言：“某日一事，尔欺我，窃贿若干，然乎？某日亦如之，然乎？”群胥骇服，公曰：“吾不耐多烦！”命裸之，俾隶有力者四人，舁一胥掷空中，立毙六人，陈尸于市。上下股栗，苏人革面。

[述评]盖武人，钟小吏，而其作用如此。此可以愧口给之文人、矜庄之大吏矣！

王晋溪云：“司衡者，要识拔真才而用之，甲未必皆优于科[1]，科未必皆优于贡[2]，而甲与科、贡之外，又未必无奇才异能之士。必试之以事，而后可见。如黄福以岁贡，杨士奇以儒士，胡俨以举人，此皆表表名臣也。国初，冯坚以典史而推都御史，王兴宗以直厅而历布政使，唯为官择人，不为人择官，所以能尽一世人才之用耳！”

况守时，府治被火焚，文卷悉烬，遗火者，一吏也。火熄，况守出坐砾场上，呼吏痛杖一百，喝使归舍，亟自草奏，一力归罪己躬，更不以累吏也。初吏自知当死，况守叹曰：“此固太守事也，小吏何足当哉！”奏上，罪止罚俸。公之周旋小吏如此，所以威行而无怨。使以今人处此，即自己之罪尚欲推之下人，况肯代人受过乎？公之品，于是不可及矣！

1甲：进士。　科：举人。　2贡：贡生。

宗泽

金寇犯阙，銮舆南幸。贼退，以宗公汝霖尹开封。初至，而物价腾贵，至有十倍于前者，郡人病之。公谓参佐曰：“此易事，自都人率以食饮为先，当治其所先，缓者不忧不平也。”密使人问米麦之直，且市之。计其直，与前此太平时初无甚增，乃呼庖人取面，令作市肆笼饼大小为之，及取糯米一斛，令监军使臣如市酤酝酒，各估其直，而笼饼枚六钱，酒每觚七十足，出勘市价，则饼二十，酒二百也。公先呼作坊饼师至，讯之曰：“自我为举子时来京师，今三十年矣，笼饼枚七钱，而今二十，何也？岂麦价高倍乎？”饼师曰：“自都城经乱以来，米麦起落，初无定价，因袭至此，某不能违众独减，使贱市也。”公即出兵厨所作饼示之，且语之曰：“此饼与汝所市重轻一等，而我以日下市直，会计薪面工直之费，枚止六钱，若市八钱，则有二钱之息。今为将出令，止作八钱，敢擅增此价而市者，罪应处斩，且借汝头以行吾令也。”边批：出令足矣，斩之效曹瞒故智，毋乃太甚？即斩以徇。明日饼价仍旧，亦无敢闭肆者。次日呼官酤任修武至，讯之曰：“今都城糯价不增，而酒直三倍，何也？”任恐悚以对曰："某等开张承业，欲罢不能，而都城自遭寇以来，外居宗室及权贵亲属私酿甚多，不如是无以输纳官曲之直与工役油烛之费也。"公曰："我为汝尽禁私酿，汝减直百钱，亦有利入乎？"任叩额曰："若尔，则饮者俱集，多中取息，足办输役之费。"公熟视久之，曰："且寄汝头颈上。出率汝曹即换招榜，一觚止作百钱，足不患乎私酝之搀夺也！明日出令：'敢有私造曲酒者，捕至不问多寡，并行处斩。'"于是倾糟破觚者不胜其数。数日之间，酒与饼直既并复旧，其他物价不令而次第自减。既不伤市人，而商旅四集，兵民欢呼，称为神明之政。时杜充守北京，号"南宗北杜"云。

［述评］借饼师头虽似惨，然禁私酿、平物价，所以令出推行全不费力者，皆在于此。亦所谓权以济难者乎？

当湖冯汝弼《祐山杂说》云："甲辰凶荒之后，邑人行乞者什之三，逋负者什之九。明年，本府赵通判临县催征，命选竹板重七斤者，检楞长三寸者。邑人大恐，或诳行乞者曰：'赵公领府库银三千两来赈济，汝何不往？'行乞者更相传播，须臾数百人相率诣赵。赵不容入，则叫号跳跃，一拥而进。逋负者随之，逐隶人，毁刑具，呼声震动。赵惶惧莫知所措。余与赵上莘辈闻变趋入，赵意稍安，延入后堂。则击门排闼，势益猖獗。问欲何为，行乞者曰：'求赈济。'逋负者曰：'求免征。'赵问为首者姓名，余曰：'勿问也，知其姓名，彼虑后祸，祸反不测，姑顺之耳。'于是出免征牌，及县备豆饼数百以进，未及门辄抢去，行乞者率不得食。抵暮，余辈出，则号呼愈甚，突入后堂矣！赵虑有他变，逾墙宵遁。自是民颇骄纵无忌。又二月，太守郭平川应奎推为首者数人于法，即惕然相戒，莫敢复犯矣。向使赵不严刑，未必致变；郭不正法，何由弭乱？宽严操纵，唯识时务者知之。”

苏不韦

东汉苏不韦，父谦，尝为司隶校尉，李暠挟私忿论杀。不韦时年十八，载丧归乡，瘗而不葬，仰天叹曰：“伍子胥独何人也！”遂藏母武都山中，边批：要紧。变姓名，尽以家财募剑客，邀[1]暠于诸陵间，不值。久之，暠迁大司农。时右校刍廥在寺北垣下，不韦与亲从兄弟潜入廥中，夜则凿地，昼则伏匿，如是者经月，遂达暠寝室，出其床下。会暠如厕，杀其妾及小儿，留书而去。边批：好汉。暠大惊，自是布棘于室，以板籍地，一夕九徙。不韦知其有备，即日夜驰至魏郡，掘其父阜冢，取阜头以祭父，又标之市曰：“李暠父头。”暠心痛不敢言，愤恚呕血死。不韦于是行丧，改葬父。

［述评］郭林父论曰：“子胥犹见用强吴，凭阖闾之威，而苏子力止匹夫，功隆千乘，比子胥尤过云。”

子犹曰：“李暠私忿不戢，辱及墓骨，妻子为戮，身亦随之，为天下笑，可谓大愚！然能以私忿杀其父，而竟不能以官法治其子，何也？将侠士善藏，以始皇之威，犹不行于博浪，况他人乎？顾子房事秘，无可物色，而兹留书标市，显行其意，莫得而谁何之，不独过子胥，且过子房矣！东汉尚节义，或怜其志节而庇护之未可知。要之一夫含痛，不报不休，死生非所急也。不韦真杰士哉！”

楚悼王薨，贵戚大臣作乱，攻吴起。起走之王尸而伏之，击起之徒因射刺起并中王尸。既葬，肃王即位，使令尹尽诛为乱者，坐起夷宗者七十家。齐大夫与苏秦争宠，使人刺之，不死，殊而走，齐王求贼不得。苏秦且死，乃谓齐王曰："臣即死，车裂臣以徇于市，曰：'苏秦作乱于齐。'如此则臣之贼必得矣。"于是如其言，而杀苏秦者果自出，齐王因而诛之。若起与秦，身死而能以术自报其仇，智更足多矣。

1 邀：等候，守候。

识断卷十二

智生识，识生断。当断不断，反受其乱。集《识断》。

齐桓公

甯戚，卫人，饭牛车下，扣角而歌。齐桓公异之，将任以政。群臣曰："卫去齐不远，可使人问之，果贤，用未晚也。"公曰："问之，患其有小过，以小弃大，此世所以失天下士也。"乃举火而爵之上卿。

［述评］韩、范已知张、李二生有用之才，其不敢用者，直是无胆耳。孔明深知魏延之才，而又知其才之必不为人下，故未免虑之太深，防之太过，持之太严，宁使有余才，而不欲尽其用，其不听子午谷之计者，胆为识掩也。呜呼，胆盖难言之矣！魏以夏侯楙镇长安。丞相亮伐魏，魏延献策曰："楙怯而无谋，今假延精兵五千，直从褒中出，循秦岭而东，当子午而北，不过十日，可到长安，楙闻延奄至，必弃城走，比东方相合，尚二十许日。而公从斜谷来，亦足以达。如此则一举而咸阳以西可定矣！"亮以为危计，不用。

任登为中牟令，荐士于襄主曰瞻胥己，襄主以为中大夫。相室谏曰："君其耳而未之目也？为中大夫若此其易也！"襄子曰："我取登，既耳而目之矣，登之所取，又耳而目之，是耳目人终无已也！"此亦齐桓之智也。

卫嗣君

卫有胥靡[1]亡之魏，嗣君以五十金买之，不得，乃以左氏地名易之。左右曰："以一都买一胥靡，可乎？"嗣君曰："治无小，乱无大。[2]法不立，诛不必[3]，虽有十左氏无益也。法立诛必，虽失十左氏，无害也。"

1 胥靡：服刑之人。 2 治无小，乱无大：社会治理无小事，不论多大的社会失序都是问题。 3 必：严格执行。

高洋

高洋内明而外晦，众莫知也，独欢异之，曰："此儿识虑过吾。"时欢欲观诸子意识[1]，使各治乱丝，洋独持刀斩之，曰："乱者必斩。"

1 意识：处理问题的办法，应变的能力。

王素

初，原州蒋偕建议筑大虫巉堡，宣抚使王素听之。役未具，敌伺间要击，不得成[1]。偕惧，来归死。王素曰："若罪偕，乃是堕敌计。"责偕使毕力自效。总管狄青曰："偕往益败，不可遣。"素曰："偕败，则总管行；总管败，素即行矣。"青不敢复言，偕卒城而还。

1 不得成：没有完成（修建堡垒的）任务。

种世衡

种世衡既城宽州，苦无泉。凿地百五十尺，见石，工徒拱手曰：“是不可井矣！”世衡曰：“过石而下，将无泉邪？尔其屑而出之，凡一畚，偿尔一金！”复致力，过石数重，泉果沛然。朝廷因署为清涧城。

祝知府

南昌祝守以廉能名。宁府有鹤，为民犬咋死[1]，府卒讼之云：“鹤有金牌，乃出御赐。”祝公判云：“鹤带金牌，犬不识字；禽兽相伤，岂干人事？”竟纵其人。又两家牛斗，一牛死，判云：“两牛相争，一死一生；死者同享，生者同耕。”

1 咋死：咬死。

术智部第五

术智部总序

冯子曰：智者，术所以生也；术者，智所以转也。不智而言术，如傀儡百变，徒资嘻笑，而无益于事。无术而言智，如御人舟子，自炫执辔如组[1]，运楫如风，原隰关津，若在其掌，一遇羊肠太行、危滩骇浪，辄束手而呼天，其不至颠且覆者几希矣。蠖[2]之缩也，蛰之伏也，麝之决脐、蚺之示创也，[3]术也。物智且然，而况人乎？李耳化胡，禹入裸国而解衣，孔尼猎较[4]，散宜生行贿，仲雍断发文身，裸以为饰，不知者曰："圣贤之智，有时而殚[5]。"知者曰："圣贤之术，无时而窘。"婉而不遂[6]，谓之"委蛇"；匿而不章[7]，谓之"谬数"；诡而不失，谓之"权奇"。不婉者，物将格之；不匿者，物将倾之；不诡者，物将厄之。呜呼！术神矣，智止矣！

1组：丝带。 2蠖：尺蠖，昆虫名。 3决脐：将肚脐裂开，使麝香从肚脐分泌出来。 蚺之示创：蟒蛇露出自己的腹部。蛇胆可以入药，相传蟒蛇为了避免被人捕杀，会翻身向捕猎者露出腹部已经被人取过蛇胆的伤口，从而避免被捉。 4猎较：狩猎时争夺猎物。 5殚：穷尽。 6婉而不遂：弯曲而不径直。 7章：同"彰"。揭示，昭示。

委蛇卷十三

道固委蛇，大成若缺。如莲在泥，入垢出洁。先号后笑，吉生凶灭。集《委蛇》。

箕子

纣为长夜之饮而失日[1]，问其左右，尽不知也。使问箕子，箕子谓其徒曰："为天下主，而一国皆失日，天下共危矣！一国皆不知，而我独知之，吾其危矣！"辞以醉而不知。

[述评]凡无道之世，名为天醉。夫天且醉矣，箕子何必独醒？观箕子之智，便觉屈原之愚。

1 失日：忘记今天是什么日子。

陈瓘

陈瓘尝为别试所主，蔡卞曰："闻陈瓘欲尽取史学而黜通经之士，意欲沮坏国是而动摇荆公之学[1]也！"卞既积怒，谋因此害瓘，而遂禁绝史学。计画已定，惟俟瓘所取士，求疵立说而行之。瓘固预料如此，乃于前五名悉取谈经及纯用王氏之学者，卞无以发。然五名之下往往皆博洽稽古之士也。瓘尝曰："当时若无矫揉，则势必相激，史学往往遂废矣。故随时所以救时，不必取快目前[2]也。"

[述评]元祐之君子与"甘露"之小人同败，皆以取快目前，

故救时之志不遂。

1 荆公之学：指王安石改革科举的主张，即罢诗赋及明经诸科，专以经义、论、策取士。 2 取快目前：只图一时快意。

郭德成

洪武中，郭德成为骁骑指挥。尝入禁内，上以黄金二锭置其袖，曰："第归勿宣。"德成敬诺。比出官门，纳靴，佯醉，脱靴露金。边批：示不能为密。阍人以闻，上曰："吾赐也。"或尤[1]之，德成曰："九阍严密如此，藏金而出，非窃耶？且吾妹侍宫闱，吾出入无间，安知上不以相试？"众乃服。

1 尤：责备，埋怨。

郭崇韬 宋太祖

郭崇韬素廉，自从入洛，始受四方赂遗。故人、子弟或以为言，崇韬曰："吾位兼将相，禄赐巨万，岂少此耶？今藩镇诸侯多梁旧将，皆主上斩祛、射钩之人[1]，若一切拒之，能无疑骇？"明年，天子有事南郊，崇韬悉献所藏，以佐赏给。

南唐主以银五万两遗赵普，普以白宋主，主曰："此不可不受，但以书答谢，少赂其使者可也。"普辞，宋主曰："大国之体，不可自为削弱，当使之弗测。"及从善南唐主弟来朝，常赐外密赉白金，如遗普之数。唐君臣皆震骇，服宋主之伟度。

［述评］赂遗无可受之理，然廉士或始辞而终受，而明主亦

或教其臣以受，全要看他既受后作用如何，便见英雄权略。三代以下将相，大抵皆权略之雄耳！

1 主上斩祛、射钩之人：与皇帝一起打天下、受信任很亲密的人。斩祛，晋文公重耳曾在危难中被寺人（阉人）披斩及袖口，即位后不予追究。射钩，管仲曾射中齐公子小白带钩（古人束腰革带上的金属钩），小白继位（即齐桓公）后仍予重用。

谬数卷十四

似石而玉，以錞[1]为刃；去其昭昭，用其冥冥；仲父有言，事可以隐。集“谬数”。

1 錞：古代一种铜制的军乐器，形如圆筒，上大下小，顶上多作虎形钮，可悬挂，常与鼓配合。

散谷　藏谷

桓公曰：“大夫多并其财而不出，腐朽五谷而不散。”管子对曰：“请以令召城阳大夫而请之。”桓公曰：“何哉？”管子对曰：“城阳大夫嬖宠被絺绤[1]，鹅鹜含余秫，齐钟鼓，吹笙篪，而同姓兄弟寒不得衣，饥不得食，欲其尽忠于国人，能乎？”乃召城阳大夫，灭其位，杜其门而不出。功臣之家皆争发其积藏，以予其远近兄弟。以为未足，又收国之贫病孤独老不能自食之萌[2]，皆与得焉，国无饥民。此之谓“谬数”。

[述评]既夺城阳之宠，又劝功臣之施。仲父片言，其利大矣！

粜贱，桓公恐五谷之归于诸侯，欲为百姓藏之，问于管子，管子曰：“今者夷吾过市，有新成囷京[3]者二家，君请式璧[4]而聘之。”桓公从之，民争为囷京以藏谷。

[述评]文王葬枯骨，而六州归心；勾践式怒蛙，而三军鼓气；燕昭市骏骨，而多士响应；桓公聘囷京，而四境露积。诚伪或殊，

其以小致大，感应之理则一也。

1绨绤：葛布的统称，在古代属贵重的织物。葛之细者曰绨，粗者曰绤。 2萌：通“民”。 3囷京：粮仓。 4式璧：用玉璧作招聘粮官的礼金，即重金奖赏。

东方朔

武帝好方士，使求神仙、不死之药。东方朔乃进曰：“陛下所使取者，皆天下之药，不能使人不死；独天上药，能使人不死。”上曰：“天何可上？”朔对曰：“臣能上天。”上知其谩诧[1]，欲极其语，即使朔上天取药。朔既辞去，出殿门，复还曰：“今臣上天似谩诧者，愿得一人为信。”上即遣方士与俱，期三十日而返。朔既行，日过诸侯传饮，期且尽，无上天意。方士屡趋之，朔曰：“神鬼之事难豫言，当有神来迎我。”于是方士昼寝，良久，朔遽觉之曰：“呼君极久不应，我今者属从天上来。”方士大惊，具以闻，上以为面欺，诏下朔狱。朔啼曰：“朔顷几死者再！”上曰：“何也？”朔对曰：“天帝问臣：‘下方人何衣？’臣朔曰：‘衣虫。’‘虫何若？’臣朔曰：“虫喙髯髯类马，色邠邠类虎。’天公大怒，以臣为谩言，使使下问，还报曰：‘有之，厥名蚕。’天公乃出臣。今陛下苛以臣为诈，愿使人上天问之。’上大笑曰：“善。齐人多诈，欲以喻我止方士也。”由是罢诸方士不用。

1谩诧：喜欢说些荒诞不经的话。

梁储

正德中，秦藩[1]请益封陕之边地。朱宁、江彬辈皆受赂，许之。上促大学士草制[2]。杨廷和、蒋冕私念：草制，恐为后虞；否，则忤上意。俱引疾[3]。独梁储承命草之曰："昔太祖著令曰：'此土不畀藩封。'非吝也，念此地广且饶，藩封得之，多蓄士马，必富而骄，奸人诱为不轨，不利社稷。今王恳请畀地与王。王得地，毋收聚奸人，毋多养士马，毋听狂人导为不轨，震及边方，危我社稷。是时虽欲保亲亲，不可得已，王慎之，勿忽。"上览制，骇曰："若是其可虞，其勿与。"事遂寝。

［述评］英明之主，不可明以是非角，而未始不可明以利害夺。此与子房招四皓[4]同一机轴。

1 秦藩：指秦定王朱惟焯。　2 草制：起草诏书。　3 引疾：托病不上朝。　4 子房招四皓：张良请"商山四皓"出山以巩固太子刘盈的地位。

满宠　郭元振

太尉杨彪与袁术婚，曹操恶之，欲诬以图废立[1]，收彪下狱，使许令满宠按之。将作大匠[2]孔融与荀彧嘱宠曰："但受词，勿加考掠。"边批：惜客误客，书生之见。宠不报[3]，考讯如法。数日，见操言曰："杨彪考讯无他词。此人有名海内，若罪不明白，必大失民望。窃为明公惜之。"操于是即日赦出彪。初，彧与融闻宠考掠彪，皆大怒。及因是得出，乃反善宠。

郭元振迁左骁卫将军、安西大都护。西突厥酋乌质勒部落强盛，款塞愿和。元振即其牙帐与之计事。会天雨雪，元振立不动，至夕冻冽，乌质勒已老，数拜伏，不胜寒冻，会罢即死。其子娑葛以元振计杀其父，谋勒兵来袭。副使解琬劝元振夜遁。

元振不从，坚卧营中。边批：畏其袭者决不敢杀，敢杀则必有以对之矣。明日，素服往吊，赠礼哭之甚哀。边批：奸甚。留数十日，为助丧事。娑葛感悦，更遣使献马五千、驼二百、牛羊十余万。

[述评]考掠也，而反以活之；立语也，而乃以杀之：其情隐矣。怒我者，转而善我，知其情故也；欲袭我者，转而感悦我，不知其情故也。虽然，多智如曹公，亦不知宠之情，况庸才如解琬，而能知元振乎？

1 图废立：阴谋废除太子，另立新君。 2 将作大匠：官名，秦始置，称将作少府。西汉景帝时，改称将作大匠，职掌宫室、宗庙、陵寝及其他土木营建。东汉、魏、晋沿置。 3 不报：置之不理。

甯越

齐攻廪丘，赵使孔青将死士而救之，与齐人战。大败之，齐将死，得车二千，得尸三万，以为二京[1]。甯越谓孔青曰："惜矣！不如归尸以内攻之，使车甲尽于战，府库尽于葬。[2]"孔青曰："齐不延尸[3]，如何？"甯越曰："战而不胜，其罪一；与人出而不与人入，其罪二；与之尸而弗取，其罪三。民以此三者怨上，上无以使下，下无以事上，是之谓重攻之。"甯越可谓知用文武矣，武以力胜，文以德胜。

1 京：京观。古代战争中胜者为炫耀武功，聚敌方尸骸，封土成高冢，称京观。 2 车甲尽于战，府库尽于葬：使（齐国的）战车、兵甲都在战争中消耗殆尽，并使其府库所蓄钱帛在办丧事中用尽。 3延尸：搬运尸体。

慎子

楚襄王为太子之时，质于齐。怀王薨，太子辞于齐王而归，齐王隘[1]之：阨之也。“予我东地五百里，乃归子。不予，不得归！”太子曰：“臣有傅，请退而问傅。”傅慎子曰：“献之地，所以为身也。爱地不送死父，不义，臣故曰‘献之便’。”太子入，致命齐王曰：“敬献地五百里。”齐王归楚太子。

太子归，即位为王。齐使车五十乘来取东地于楚。楚王告慎子曰：“齐使来求东地，为之奈何？”慎子曰：“王明日朝群臣，皆令献其计。”

上柱国[2]子良入见，王曰：“寡人之得反，主坟墓[3]、复群臣、归社稷也，以东地五百里许齐，齐令使来求地，为之奈何？”子良曰：“王不可不与也。王身出玉声，许强万乘之齐而不与，则不信；后不可以约结诸侯，请与而复攻之。与之，信；攻之，武。臣故曰‘与之’。”

子良出，昭常入见。王曰：“齐使来求东地五百里，为之奈何？”昭常曰：“不可与也。万乘者，以地大为万乘，今去东地五百里，是去战国之半也，有万乘之号而无千乘之用也，不可。臣故曰‘勿与，常请守之’。”

昭常出，景鲤入见。王曰：“齐使来求东地五百里，为之奈何？”景鲤曰：“不可与也。虽然，楚不能独守。王身出玉声，许万乘之强齐也而不与，负不义于天下，楚亦不能独守。臣请西索救于秦。”

景鲤出，慎子入，王以三大夫计告慎子曰：“子良见寡人曰：'不可不与也，与而复攻之。'常见寡人曰：'不可与也，常请守之。'鲤见寡人曰：'不可与也。虽然，楚不能独守。臣请索救于秦。'寡人谁用于三子之计？"慎子对曰："王皆用之。"王怫然作色，曰："何谓也？"慎子曰："臣请效其说，而王且见其诚然也。王发上柱国子良车五十乘，而北献地五百里于齐；发子良之明日，遣昭常为大司马，令往守东地；遣昭常之明日，遣景鲤车五十乘，西索救于秦。"

王如其策，子良至齐，齐使人以甲受东地，昭常应齐使曰："我典主东地，且与死生，悉五尺至六十[4]，三十余万，敝甲钝兵，愿承下尘[5]！"齐王谓子良曰："大夫来献地，今常守之，何如？"子良曰："臣身受命敝邑之王，是常矫[6]也，王攻之！"齐王大兴兵攻东地，伐昭常。未涉疆，秦以五十万临齐右壤，曰："夫隘楚太子弗出，不仁；又欲夺之东地五百里，不义。其缩甲则可，不然，则愿待战。"齐王恐焉，乃请子良南道楚，西使秦，解齐患。士卒不用，东地复全。

1 隘：阻止。 2 上柱国：楚官名。 3 主坟墓：祭祀先王。 4 五尺至六十：身高五尺的童子至六十岁的老人，喻指全国之男丁。 5 愿承下尘：愿意承受贵国军队出征扬起的尘土，是"准备迎战"的外交辞令。 6 矫：拂逆，违背。

何承矩

瓦桥关北与辽为邻，素无关河之阻。何承矩守澶州，始议因陂泽之地，潴水为塞。欲自相度[1]，恐其谋泄，乃筑爱景台，植蓼花[2]，日会僚佐，泛舟置酒，作《蓼花吟》数篇，令座客属和，画以为图，刻石传至京师。人谓何宅使爱蓼花，不知其经始塘泊也。庆历、熙宁中相继开浚，于是自保州西北沉远泺，东尽沧州泥枯海口，几八百里，悉为潴潦，倚为藩篱。

1相度：观察估量。 2蓼花：此处指水蓼，一年生草本植物，生浅水中。

苏秦

苏秦、张仪尝同学，俱事鬼谷先生。苏秦既以合纵显于诸侯，然恐秦之攻诸侯败其约，念莫可使用于秦者，乃使人微感[1]张仪，劝之谒苏秦以求通[2]。仪于是之赵，求见秦。秦诫门下人不为通，又使不得去者数日。已而见之，坐之堂下，赐仆妾之食，因而数让之曰："以子才能，乃自令困辱如此！吾宁不能言而富贵子，子不足收也！"谢去之，仪大失望，怒甚，念诸侯莫可事，独秦能苦赵，乃遂入秦。苏秦言于赵王，使其舍人微随张仪，与同宿舍，稍稍近就之，奉以车马金钱，张仪遂得以见秦惠王。王以为客卿，与谋伐诸侯，舍人乃辞去，仪曰："赖子得显，方且报德，何故去也？"舍人曰："臣非知君，知君乃苏秦也。苏君忧秦伐赵，败从约，以为非君莫能得秦柄，故感怒君，使臣阴奉给君资。今君已用，请归报。"张仪曰："嗟乎！此吾在术中而不悟，吾不及苏君明矣；吾又新用，安能谋赵乎？为我谢苏君，苏君之时，仪何敢言？且苏君在，仪宁渠[3]能乎？"自是终苏秦之世，不敢谋赵。

［述评］绍兴中，杨和王存中为殿帅。有代北人卫校尉，曩在行伍中与杨结义，首往投谒，杨一见甚欢，事以兄礼，且令夫人出拜，款曲殷勤。两日后忽疏之，来则见于外室。卫以杨方得路，志在一官，故间关[4]赴之，至是大失望。过半年，疑为

人所谮，乃告辞，又不得通。或教使伺其入朝回，遮道陈状，杨亦略不与语，但判云："执就常州于本府某庄内支钱一百贯。"卫愈不乐，然无可奈何，倘得钱，尚可治归装，而不识杨庄所在。正彷徨旅邸，遇一客，自云"程副将，便道往常、润，陪君往取之"。既得钱，相从累日，情好无间，密语之曰："吾实欲游中原，君能引我偕往否？"卫欣然许之。迤逦[5]至代郡，倩卫买田："我欲作一窟[6]于此。"卫为经营，得膏腴千亩。居久之，乃言曰："吾本无意于斯，此尽出杨相公处分，初虑公贪小利，轻舍乡里，当今兵革不用，非展奋功名之秋，故遣我追随，为办生计。"悉取券相授，约直万缗，黯然而别。此与苏秦事相类。

按：苏从张衡[7]，原无定局。苏初说秦王，不用，转而之赵，计不得不出于从。张既事秦，不言衡不为功，其势然也。或谓苏既识张才，何不贵显之于六国间，作自己一帮手，而激之入秦，授以翻局[8]之资，非失算乎？不知张之狡谲，十倍于苏，其志必不屑居苏下，则其说必不肯袭苏套。厚嫁之于秦，犹可食其数年之报；而并峙于六国，且不能享一日之安。季子料之审矣。若杨和王还故人于代北，为之谋生，或豢[9]之以待万一之用也。英雄作事，岂泛泛哉？

杨和王有所亲爱吏卒，平居赐予无算，一旦无故怒而逐之，吏莫知其罪，泣拜而去，杨曰："无事莫来见我。"吏悟其意，归以厚赀俾其子入台中为吏，居无何，御吏欲论杨干没[10]军中粪钱[11]十余万，其子闻之，告其父，父奔告杨。即具札奏，言军中有粪钱若干，桩管某处，惟朝廷所用。不数日，御失疏上，高宗出存中札子示之，坐妄言被黜，而杨眷日隆。其还故人于代北，亦或此意。

1 微感：暗中说动。 2 求通：谋求显达。 3 宁渠：哪里。4 间关：形容旅途的艰辛，崎岖、辗转。 5 迤逦：行进迟缓。6 一窟：一份家业。 7 苏从张衡：苏秦主张合纵，张仪主张连横。 8 翻局：打翻自己的布局。 9 豢：收买，利用。 10 干没：贪污。 11 粪钱：旧时军队驻扎，产生的人畜粪由军队卖与当地百姓，得来的钱称之为“粪钱”。

鸱夷子皮

鸱夷子皮事田成子。田成子去齐，走而之燕。鸱夷子皮负传[1]而从，至望邑。子皮曰：“子独不闻涸泽之蛇乎？涸泽，蛇将徙，有小蛇谓大蛇曰：‘子行而我随之，人以为蛇之行者耳，必有杀子。不如相衔负我以行，人必以我为神君也。’今子美而我恶，以子为我上客，千乘之君也；以子为我使者，万乘之卿也。子不如为我舍人。”田成子故负传而随之，至逆旅，逆旅之君待之甚敬，因献酒肉。

1 传：古代过关津、宿驿站或使用驿站车马的凭证。

严讷

海虞严相公讷营大宅于城中，度基已就，独民房一楹[1]错入，未得方圆。其人鬻酒腐，而房其世传也。司工者请厚价乞之，必不可，愤而诉公。公曰：“无庸，先营三面可也。”工既兴，公命每日所需酒腐皆取办此家，且先资其值。其人夫妇拮据，日不暇给，又募人为助，已而鸠工[2]愈众，获利愈丰，所积米豆充牣屋中，缸仗俱增数倍，屋隘不足以容之。又感公之德，自愧其初之抗也，遂书券以献。公以他房之相近者易焉，房稍宽，其人大悦，不日迁去。

［述评］势取不得，以惠取之。我不加费而人反诵德，游于其术而不知也，妙矣哉！

1 楹：房屋计量单位，屋一列或一间为一楹。 2 鸠工：招募人手。

唐太宗

薛万彻尚[1]丹阳公主。太宗尝谓人曰："薛驸马村气。"主羞之，不与同席数月。帝闻而大笑，置酒召对握槊[2]，赌所佩刀。帝佯不胜，解刀以佩之。罢酒，主悦甚，薛未及就马，遽召同载而还，重之逾于旧。

［述评］省却多少调和力气。

1 尚：专指娶公主为妻。 2 握槊：古代类似双陆棋的一种赌博游戏。

权奇卷十五

尧趋禹步，父传师导。三人言虎，逾垣叫跳。[1]亦念其仪，虞其我暴。[2]诞信递君，正奇争效。嗤彼迂儒，漫云立教。集《权奇》。

1 三人言虎，逾垣叫跳：出自《史记·甘茂列传》：“鲁人有与曾参同姓名者杀人，人告其母曰‘曾参杀人’，其母织自若也。顷之，一人又告之曰‘曾参杀人’，其母尚织自若也。顷又一人告之曰‘曾参杀人’，其母投杼下机，逾墙而走。” 2 亦念其仪，虞其我暴：也要顾念对人的礼仪，更要防备别人对我施加暴行。

孔子

孔子居陈，去，过蒲，会公叔氏以蒲叛。蒲人止孔子，谓之曰：“苟无适卫，吾出子。”[1]与之盟，出孔子东门。孔子遂适卫，子贡曰：“盟可负耶?”孔子曰：“要盟[2]也，神不听。”

［述评］大信不信。

1 苟无适卫，吾出子：只要不到卫国去，就放你走。 2 要盟：受要挟而订立的盟誓。

王琼

王晋溪在本兵时，适湖州孝丰县汤麻九反，势颇猖獗。御史以闻，事下兵部。晋溪呼赍本人至兵部，大言数之曰："汤麻九不过一毛贼，只消本处数十火夫缚之，何足奏报？欲朝廷发兵，殊伤国体，巡按不职，考察即当论罢矣！"赍本人回，传流此语，皆以本兵为玩寇，相聚忧之，贼知朝不发兵，遂恣劫掠，不设备。先是户部为查处钱粮，差都御史许延光在浙，晋溪即请密敕许公讨之，边批：不别遣将。授以方略。许命彭宪副潜提民兵数千，出其不意，乘夜往。贼方掳掠回，相聚酣饮。边批：毕竟小寇。兵适至，即时擒斩，遂平之。

[述评] 尔时若朝廷命将遣兵，彼必负固拒命，弄小成大。此举不烦一旅，不费一钱，而地方晏如。晋溪之才，信有大过人者，虽人品未醇，何可废也。

秦桧

京下忽阙[1]现钱，市间颇皇皇。忽一日，秦相桧呼一镊工[2]栉发，以五千当二钱犒之，边批：示以贱征。谕曰："此钱数日有旨不使，可早用也。"镊工遂与外人言之，不三日，京下现钱顿出。

又都下货壅[3]，乏现镪[4]，府尹以闻，桧笑曰："易耳。"即召文思院官，未至，促者络绎。奔而来，谕之曰："适得旨，欲变钱法，可铸样钱一缗进呈，废现镪不用。"约翌午毕事，院官唯唯而出，召工为之。富家闻之尽出宿镪市金粟，物价大昂，钱溢于市。既而样钱上省，寂无闻矣。

[述评] 贼桧亦尽有应变之才可喜。然小人无才，亦不能为小人。

1 阙：缺乏。　2 镊工：理发师。古代理发时，会用镊子拔除白发和白须。 3货壅：货物堆积。 4乏现镪：缺乏现钞。

王东亭

王绪素谗[1]殷荆州于王国宝，殷甚患之，求术于王东亭。曰："卿但数诣王绪，往辄屏人，因论他事，如此则二王之好离矣。"殷从之。国宝见王绪，问曰："比与仲堪何所道？"绪云："故是常谈。"国宝谓绪于己有隐，情好日疏，谗言用息。

［述评］此曹瞒间韩遂马超之故智[2]。张浚杀平阳牧守，亦用此术。平阳牧张姓，蒲帅王珂之大校。

1谗：进谗言。 2故智：老办法，以前用过的计策。

曹冲

曹公有马鞍在库，为鼠所伤。库吏惧，欲自缚请死。冲谓曰："待三日。"冲乃以刀穿其单衣，若鼠啮者，入见，谬为愁状。公问之，对曰："俗言鼠啮衣不吉，今儿衣见啮，是以忧。"公曰："妄言耳，无苦。"俄而库吏以啮鞍白，公笑曰："儿衣在侧且啮，况鞍悬柱乎。"竟不问。

张循王老兵

张循王俊尝春日游后圃，见一老卒卧日中，王蹴之曰："何慵眠如是！"卒起声喏，对曰："无事可做，只索眠耳。"王曰："汝会做甚事？"对曰："诸事薄晓，如回易[1]之类亦粗能之。"

王曰："汝能回易，吾以万缗付汝，何如？"对曰："不足为也。"王曰："付汝五万。"对曰："亦不足为也。"王曰："汝需几何？"对曰："不能百万，亦五十万乃可耳。"王壮之，即予五十万，恣其所为。边批：大手段。其人乃造巨舰，极其华丽，市美女能歌舞者、乐者百余人，广收绫锦奇玩、珍羞佳果及黄白之器，募紫衣吏轩昂闲雅、若书司客将者十数辈，卒徒百人，乐饮逾月，忽飘然浮海去。边批：奇想。逾岁而归，珠犀香药之外，且得骏马，获利几十倍。时诸将皆缺马，唯循王得此马，军容独壮。大喜，问其何以致此，曰："到海外诸国，称大宋回易使，谒戎王，馈以绫锦奇玩，为招其贵近，珍羞毕陈，女乐迭奏。其君臣大悦，以名马易美女，且为治舟载马；以犀珠香药易绫锦等物，馈遗甚厚，是以获利如此。"王咨嗟，褒赏赐予优隆，问："能再往乎？"对曰："此戏也，再往则败矣。愿退老园中如故。"

［述评］罗景纶云：一弊衣老卒，循王慨然捐五十万畀之，不问其出入。此其度量恢弘，足使人从容展布，以尽其能矣。勾践以四封内外[2]分授种、蠡，高帝捐黄金四十万斤于陈平，由此其推也。盖不知其人而轻任之，与知其人而不能专任，皆不足以成功。老卒一往之后，辞不复再，又几于知进退存亡者。异哉！

1 回易：出国访问，与外交国家互换礼物、商品。 2 四封内外：四面边境范围内，整个国家。

捷智部第六

捷智部总序

冯子曰：成大事者，争百年，不争一息。然而一息固百年之始也。夫事变之会，如火如风。愚者犯焉，稍觉，则去而违之，贺不害斯已也。今有道于此，能返风而灭火，则虽拔木燎原，适足以试其伎而不惊。尝试譬之足力，一里之程，必有先至，所争逾刻耳[1]。累之而十里百里，则其为刻弥多矣；又况乎智之迟疾，相去不啻千万里者乎！军志有之，“兵闻拙速，未闻巧之久”。夫速而无巧者，必久而愈拙者也。今有径尺之樽，置诸通衢，先至者得醉，继至者得尝，最后至则干唇而返矣。叶叶而摘之，穷日不能髡一树；秋风下霜，一夕零落：此言造化之捷也。人若是其捷也，其灵万变，而不穷于应卒，此惟敏悟者庶几焉。呜呼！事变之不能停而俟我也审矣，天下亦乌有智而不捷、不捷而智者哉！

1 所争逾刻耳：（跑一里路）胜负按分秒计。

灵变卷十六

一日百战，成败如丝。三年造车，覆于临时。去凶即吉，匪夷所思。集《灵变》。

鲍叔牙

公子纠走鲁，公子小白奔莒。既而国杀无知，未有君。公子纠与公子小白皆归，俱至，争先入。管仲扜弓射公子小白，中钩；鲍叔御，公子小白僵[1]。管仲以为小白死，告公子纠曰："安之，公子小白已死矣！"鲍叔因疾驱先入，故公子小白得以为君。鲍叔之智，应射而令公子僵也，其智若镞矢也。

[述评]王守仁以疏救戴铣，廷杖，谪龙场驿。守仁微服疾驱，过江，作《吊屈原文》见志，寻为《投江绝命词》，佯若已死者。词传至京师，时逆瑾怒犹未息，拟遣客间道往杀之，闻已死，乃止。智与鲍叔同。

1 僵：卧倒不动。

延安老校头

宝元元年，党项围延安七日，邻于危者数矣。范侍御雍为帅，忧形于色。有老军校出，自言曰："某边人，遭围城者数次，边批：言之有据。其势有近于今日者。虏人不善攻，卒不能拔，今日万万无虞。某可以保任，若有不可，某甘斩首。"范嘉其言壮人心，亦为之小安。事平，此校大蒙赏拔，言知兵，善料敌者，首称之。或谓之曰："汝敢肆妄言，万一不验，须伏法。"校曰："若未之思也[1]，若城果陷，谁暇杀我耶？聊欲安众心耳。"

1 若未之思也：从来没想过。

王羲之

王右军幼时，大将军甚爱之，恒置帐中眠。大将军尝先起，须臾，钱凤入，屏人论逆节事，都忘右军在帐中。右军觉，既闻所论，知无活理，乃剔吐污头面被褥，诈熟眠。敦论事半，方悟右军未起，相与大惊曰："不得不除之。"及开帐，乃见吐唾纵横，信其实熟眠，由是得全。

刘备

曹公素忌先主。公尝从容谓先主曰："今天下英雄，惟使君与操耳！本初之徒，不足数也！"先主方食，失匕箸。适雷震，因谓公曰："圣人云'迅雷风烈必变'，良有以也。一震之威，乃至于此！"

[述评]相传曹公以酒后畏雷、闲时灌圃[1]轻先主，卒免于难。然则先主好结髦[2]，焉知非灌圃故智？

1 灌圃：浇灌花园，莳花弄草。　2 髦：毛织品。

赵葵

赵方，宁宗时为荆湖制置使。一日方赏将士，恩不偿劳，军欲为变。子葵时年十二三，觉之，亟呼曰：“此朝廷赐也，本司别有赏赉。”军心一言而定。

按：赵葵，字南仲，每闻警报，与诸将偕出，遇敌辄深入死战。诸将惟恐失制置子，尽死救之，屡以此获捷。

顾蚧　耿定力

顾蚧为儋耳郡守。文昌海面当五月有大风飘至船只，不知何国人，内载有金丝鹦鹉、墨女、金条等件，地方分金坑女，止将鹦鹉送县，申呈镇巡衙门。公文驳行镇守府，仍差人督责。原地方畏避，相率欲飘海，主其事者莫之为谋。蚧适抵郡，咸来问计，蚧随请原文读之，将“飘来船”作“覆来船”改申[1]，遂止。

益民乔蠢[2]，小眚累累大辟[3]。耿恭简公定力为守，多所平反。有男子妇死而论抵[4]者，牍曰：“妇詈夫兽畜。”庭讯之，则曰：“詈侬为兽畜所生耳。”遂援笔续二字于牍，而投笔出之。盖妇詈姑嫜[5]，律故应死[6]也。

［述评］只换一字，便省许多事；只添两字，便活一性命。是故有一字之贫，亦有一字之师。

1 改申：改过之后重新申报。　2 乔蠢：愚昧不化，行事鲁莽，没有约束。　3 小眚累累大辟：小错不断，往往最终被判死刑。大辟，死刑。 4 论抵：判定为杀人偿命。 5 姑嫜：公婆。姑，婆婆。嫜，公公。 6 律故应死：按照法律应该处死。

周忱

己巳之难，也先将犯京城，声言欲据通州仓。举朝仓皇无措，议者欲遣人举火烧仓，恐敌之因粮于我也。时周文襄公忱适在京，因建议，令各卫军预支半年粮，令其往取。于是肩负者踵接，不数日，京师顿实，而通州仓为之一空。

［述评］一云，己巳之变，议者请烧通州仓以绝虏望。于肃愍曰："国之命脉，民之膏脂，奈何不惜！"传示城中有力者恣取之，数日粟尽入城。郦生以楚拔荥阳不坚守为失策，劝沛公急取敖仓。又李密据黎阳仓，开仓恣民就食，浃旬得兵三十余万。徐洪客献策谓："大众久聚，恐米尽人散，难以成功，宜乘锐进取。"密不从而败。刘子羽守仙人关，预徙梁、洋公私之积。金人深入，馈饷不继，乃去。自古攻守之策，未有不以食为本者，要在敌未至而预图耳。若搬运不及，则焚弃亦是一策，古名将亦往往有之，决不可赍盗粮也。

某教谕

有御史罪其县令。县令密使嬖儿侍御史，御史昵之，遂乘机窃其箧中篆去。御史顾篆箧空，心疑县令所为而不敢发[1]，因称疾不视事。尝闻某教谕有奇才，因其问疾，召至床头诉之。教谕教御史夜半于厨中发火，火光烛天，郡县俱赴救。御史持篆箧授县令，他官各有所护。及火灭，县令上篆箧，则篆在矣。或云此教谕乃海瑞也，未详。

[述评] 山尽水穷处，忽睹天台、雁荡、洞庭、彭蠡，想胸中有走盘珠万斛在。

1 不敢发：不敢率先发难。

应卒卷十七

西江有水，遐不及汲[1]。壶浆箪食，贵于拱璧。岂无永图，聊以纾急？集《应卒》。

1 遐不及汲：路远，来不及取水，远水救不了近火。

孔子

鲁人烧积泽，天北风，火南倚，恐烧国。哀公自将众趋救火者，左右无人，尽逐兽，而火不救。召问仲尼，仲尼曰："逐兽者乐而无罚，救火者苦而无赏，此火之所以不救也。"哀公曰："善。"仲尼曰："事急，不及以赏救火者；尽赏之，则国不足以赏于人。请徒行罚。"乃下令曰："不救火者，比降北之罪；逐兽者，比入禁[1]之罪。"令下未遍，而火已救矣。

［述评］贾似道为相，临安失火，贾时方在葛岭，相距二十里。报者络绎，贾殊不顾，曰："至太庙则报。"俄而报者曰："火且至太庙。"贾从小肩舆，四力士以椎剑护，里许即易人，倏忽即至，下令肃然，不过曰："焚太庙者斩殿帅！"于是帅率勇士一时救熄。贾虽权奸，而威令必行，其才亦自有快人处。

1 入禁：进入皇家禁止之地。

赵从善　临安吏　辛弃疾

赵从善尹京日，宦寺欲窘之，科降设醮红桌子三百只，内批限一日办集。从善命于酒坊茶肆取桌相类者三百，净洗，糊以白纸，用红漆涂之。又两宫幸聚景园，夜过万松岭，立索火炬三千。从善命取诸瓦舍妓馆，不拘竹帘芦帘，实以脂，卷而绳之，系于夹道松树，左右照耀，比于白日。

高宗南渡，驻跸临安，草创行在[1]。方造一殿，无瓦，而天雨，郡与漕司忧之。忽一吏白曰："多差兵士，以钱镪分俵关厢铺店，赁借楼屋腰檐瓦若干，旬月新瓦到，如数赔还。"郡司从之，殿瓦咄嗟而办。

［评］二事皆一时权宜，可为吏役之法。

辛幼安在长沙，欲于后圃建楼赏中秋。时已八月初旬矣，吏曰："他皆可办，唯瓦不及。"幼安命先于市上每家以钱一百，赁檐瓦二十片，限两日以瓦收钱，于是瓦不可胜用。

1 行在：临时行宫。

张恺

张恺，鄞县人。宣德三年，以监生为江陵令。时征交趾大军过，总督日晡立取火炉及架数百，恺即命木工以方漆桌锯半脚，凿其中，以铁锅实之。已又取马槽千余，即取针工各户妇人，以棉布缝成槽，槽口缀以绳，用木桩张其四角，饲马食过便收卷，前路足用。遂以为法。

［述评］后周文襄荐为工部主事，督运大得其力。嗟乎！此监生也，用人可以资格限乎？

陶鲁

陶鲁，字自强，郁林人，年二十，以父成死事[1]，录补广东新会县丞。都御史韩公雍下令索犒军牛百头，限三日具。公令出如山，群僚皆不敢应，鲁逾列任之。三司及同官交责其妄，鲁曰："不以相累。"乃榜城门云："一牛酬五十金。"有人以一牛至，即与五十金。明日牛争集，鲁选取百头肥健者，平价与之，曰："此韩公命也。"如期而献。公大称赏，檄鲁隶麾下，任以兵政。其破藤峡，多赖其力，累迁至方伯。

［述评］本商鞅徙木立信之术，兼赵清献增价平籴之智。

1 死事：有功而死。

曹操

魏武尝行役，失汲道，军皆渴，乃令曰："前有大梅林，饶子甘酸，可以解渴。"士卒闻之，口皆出水，乘此得及前源。

盛度

盛文肃在翰苑日，昭陵尝召入，面谕："近日亢旱，祷而不应，朕当痛自咎责，诏求民间疾苦。卿只就此草诏，庶几可以商量，不欲进本往复也。"文肃奏曰："臣体肥，不能伏地作字，乞赐一平面子。"上从之，逮传旨下有司而平面子至，则诏已成矣。上嘉其敏速，更不易一字。或曰："文肃属文思迟，乞平面子，盖亦善用其短也。"边批：反迟为速，妙妙！

敏悟卷十八

剪彩成花，青阳笑之。[1]人工则劳，天巧自如。不卜不筮，匪虑匪思。集《敏悟》。

1 剪彩成花，青阳笑之：剪的纸花虽然漂亮，还是要被春天里盛开的鲜花嘲笑。青阳，春天。

高定

高定年七岁，读《尚书》。至《汤誓》，问父郢曰："奈何以臣伐君？"父曰："应天顺人。"定曰："'用命[1]赏于祖，不用命戮于社。'岂是顺人？"父不能答。

［述评］夷、齐争之千年，高童决之一语。彼獐鹿、松槐之对，徒齿牙得利，不足道矣。

贾嘉隐七岁，以神童召见。时长孙无忌、徐勣于朝堂立语。徐戏之曰："吾所倚何树？"曰："松树。"徐曰："此槐也，何言松？"贾云："以公配木，何得非松？"长孙亦如徐问之，答曰："槐树。"长孙曰："不能复矫对耶？"曰："木旁加鬼，何烦矫对？"

王雱数岁时，客有以一獐一鹿同器以献荆公者，问雱："何者是鹿，何者是獐？"雱实未辨，乃熟视曰："獐边者鹿，鹿边者是獐。"客大奇之。

1 用命：听从命令，效力。

文彦博　司马光

彦博幼时，与群儿戏击球。球入柱穴中，不能取。公以水灌之，球浮出。

司马光幼与群儿戏。一儿误堕大水瓮中，已没，群儿惊走。公取石破瓮，遂得出。

［述评］二公应变之才，济人之术，已露一斑。孰谓“小时了了者，大定不佳”耶？

王戎

王戎年七岁时，尝与诸小儿游，瞩见道旁李树，有子扳折，诸小儿竞走之[1]，唯戎不动。人问之，答曰：“树在道旁而多子，此必苦李。”试之果然。

［述评］许衡少时，尝暑中过河阳，其道有梨，众争取啖之，衡独危坐树下自若。或问之，曰：“非其有而取之，不可。”曰：“人亡世乱，此无主矣。”衡曰：“梨无主，吾心独无主乎？”边批：真道学。合二事观戎为智，衡为义，皆神童也。

1 竞走之：竞相奔走过去（攀摘）。

曹冲

曹冲字仓舒自幼聪慧。孙权尝致巨象于曹公，公欲知其斤重，以访群下，莫能得策。冲曰："置象大船之上，而刻其水痕所至，称物以载之，一较可知矣。"冲时仅五六岁，公大奇之。

怀丙

宋河中府浮梁[1]，用铁牛八维之，一牛且数万斤。治平中，水暴涨绝梁，牵牛没于河，募能出之者。真定僧怀丙以二大舟实土[2]，夹牛维之[3]，用大木为权衡状钩牛，徐去其土，舟浮牛出。转运使张焘以闻，赐之紫衣。

1 浮梁：浮桥。 2 实土：装满土。 3 夹牛维之：将铁牛固定在（两艘装满土的大船）中间。

杨修

杨修为魏武主簿。时作相国门，始构榱桷。魏武自出看，题门作"活"字便去。杨见，便令坏之，曰："门中活，'阔'字，王正嫌门大也。"

人饷魏武一杯酪，魏武啖少许，盖头上题"合"字以示众，众莫能解。次至杨修，修便啖之，曰："公教人啖一口也，复何疑？"

魏武尝过"曹娥碑"下，杨修从。碑背上见题作"黄绢幼妇外孙齑臼"八字。魏武谓修曰："解否？"答曰："解。"魏武曰："卿未可言，俟我思之。"行三十里，魏武乃曰："吾已得。"令修别记所知，修曰："黄绢，色丝，于字为'绝'；幼妇，少女，于字为'妙'；外孙，女之子也，于字为'好'；齑臼，受五辛之器，于字为'辞'。所谓'绝妙好辞'也！"魏武亦记之，与修同，叹曰："吾才去卿乃三十里。"

操既平汉中，欲讨刘备而不得进，欲守又难为功。护军不知进止，操出教，惟曰："鸡肋。"外曹莫能晓，杨修曰："夫鸡肋，食之则无所得，弃之则殊可惜。公归计决矣。"乃私语营中戒装，俄操果班师。

［述评］德祖聪颖太露，为操所忌，其能免乎？晋、宋人主多与臣下争胜诗、字，故鲍照多累句，僧虔用拙笔，皆以避祸也。

语智部第七

语智部总序

冯子曰：智非语也，语智非智也，喋喋者必穷，期期者有庸，丈夫何必有口哉！固也，抑有异焉。两舌相战，理者必伸；两理相质，辨者先售。子房以之师，仲连以之高，庄生以之旷达，仪、衍以之富贵，端木子以之列于四科，孟氏以之承三圣。故一言而或重于九鼎，单说而或强于十万师，片纸书而或贤于十部从事，口舌之权顾不重与？“谈言微中，足以解纷”，“言之无文，行之不远”。君子一言以为智，一言以为不智。智泽于内，言溢于外。《诗》曰：“惟其有之，是以似之。”此之谓也。

辩才卷十九

侨童有辞，郑国赖焉；聊城一矢，名高鲁连；排难解纷，辩哉仙仙；百尔君子，毋易繇言。集《辩才》。

子贡

吴征会于诸侯，卫侯后至，吴人藩卫侯之舍。子贡说太宰嚭曰："卫君之来，必谋于其众，其众或欲或否，是以缓来。其欲来者，子之党也；其不欲来者，子之仇也。若执[1]卫侯，是堕党而崇仇[2]也。"嚭说，乃舍卫君。

田常欲作乱于齐，惮高、国、鲍、晏，故移其兵，欲以伐鲁。孔子闻之，谓门弟子曰："夫鲁，坟墓所处，二三子何为莫出？"子路请出，孔子止之。子张、子石请行，孔子弗许。子贡请，孔子许之。遂行至齐，说田常曰："君之伐鲁，过矣！夫鲁，难伐之国：其城薄以卑，其地狭以泄，其君愚而不仁，大臣伪而无用，其士民又恶甲兵之事——此不可与战。君不如伐吴，夫吴，城高以厚，地广以深，甲坚以新，士选以饱，重器精兵，尽在其中，又使明大夫守之——此易伐也。"田常忿然作色，曰："子之所难，人之所易；子之所易，人之所难。而以教常，何也？"边批：正是辩端。子贡曰："臣闻之：'忧在内者攻强，忧在外者攻弱。'今君破鲁以广齐，战胜以骄主，破国以尊臣，而君之功不与焉，而交日疏于王。是君上骄主心，下恣群臣，求以成大事，难矣！夫上骄则恣，臣骄则争，是君上与主有隙，下与大臣交争也。如此则君之立于齐，危矣！故曰不如伐吴。伐吴不胜，民人外死，大臣内空，是君上无强臣之敌，下无民人之过，孤主制齐者，唯君也。”田常曰：“善。虽然，吾兵业已加鲁矣，去而之吴，大臣疑我，奈何？”子贡曰：“君按兵无伐，臣请往使吴王，令之救鲁而伐齐，君因以兵迎之。”

田常许之，使子贡南见吴王，说曰：“臣闻之：‘王者不绝世，霸者无强敌。’‘千钧之重，加铢而移。’今以万乘之齐，而私千乘之鲁，与吴争强，窃为王危之。且夫救鲁，显名也；伐齐，大利也。以扶泗上诸侯，诛暴齐而服强晋，利莫大焉。名存亡鲁，实困强齐，智者不疑也。”吴王曰：“善。虽然，吾尝与越战，栖之会稽。越王苦身养士，有报我心，子待我伐越而听子。”子贡曰：“越之劲不过鲁，强不过齐，王置齐而伐越，则齐已平鲁矣。且王方以存亡继绝为名，夫伐小越而畏强齐，非勇也；夫勇者不避难，仁者不穷约，智者不失时。今存越示诸侯以仁，救鲁伐齐，威加晋国，诸侯必相率而朝，吴霸业成矣。且王必恶越，臣请东见越王，令出兵以从，此实空越，名从诸侯以伐也。”吴王大说，乃使子贡之越。

越王除道郊迎，身御至舍，而问曰：“此蛮夷之国，大夫何以俨然辱而临之？”子贡曰：“今者吾说吴王以救鲁伐齐，其志欲之而畏越，曰：‘待我伐越乃可。’如此破越必矣。且夫无报人之志而令人疑之，拙也；有报人之意使人知之，殆也；事未发而先闻，危也。三者举事之大患。”勾践顿首再拜，曰：“孤尝不料力，乃与吴战，困于会稽，痛入于骨髓，日夜焦唇干舌，徒欲与吴王接踵而死，孤之愿也。”遂问子贡，子贡曰：“吴王为人猛暴，群臣不堪；国家敝以数战，士卒弗忍；百姓怨上，大臣内变；子胥以谏死，太宰嚭用事，顺君之过，以安其私，是残国之治也。今王诚发士卒佐之，以徼其志，重宝以说其心，卑辞以尊其礼，其伐齐必也。彼战不胜，王之福矣；战胜，必以兵临晋。臣请北面晋君，令共攻之，弱吴必矣。其锐兵尽于齐，重甲困于晋，而王制其敝，此灭吴必矣。”越王大说，许诺，送子贡金百镒、剑一、良矛二。子贡不受，遂行。

报吴王曰：“臣敬以大王之言告越王，越王大恐，曰：‘孤不幸，少失先人，内不自量，抵罪于吴，军败身辱，栖于会稽。国为虚莽，赖大王之赐，使得奉俎豆而修祭祀，死不敢忘，何谋之敢虑！’”后五日，越使大夫种顿首言于吴王曰：“东海役臣孤勾践使者臣种，敢修下吏问于左右：今窃闻大王将兴大义，诛强救弱，困暴齐而抚周室，请悉起境内士卒三千人，孤请自被坚执锐，以先受矢石，因越贱臣种奉先人藏器甲二十领、屈卢之矛、步光之剑，以贺军吏。”吴王大说，以告子贡曰：“越王欲身从寡人伐齐，可乎？”子贡曰：“不可。夫空人之国，悉人之众，又从其君，不义。君受其币，许其师，而辞其君。”吴王许诺，乃谢越王。于是吴王乃遂发九郡兵伐齐。

子贡因去之晋，谓晋君曰：“臣闻之：‘虑不先定，不可以应卒；兵不先辨，不可以胜敌。’今夫吴与齐将战。彼战而胜，越乱之必矣；与齐战而胜，必以其兵临晋！”晋君大恐，曰：“为之奈何？”子贡曰：“修兵休卒以待之。”晋君许诺。

子贡去而之鲁。吴王果与齐人战于艾陵，大破齐师，获七将军之兵而不归，果以兵临晋。与晋人相遇黄池之上。吴、晋争强，晋人击之，大败吴师。越王闻之，涉江袭吴，去城七里而军。吴王闻之，去晋而归，与越战于五湖。三战不胜，城门不守，越遂围王宫，杀夫差而戮其相。破吴三年，东向而霸。

故子贡一出，存鲁、乱齐、破吴、强晋而霸越，十年之中，五国各有变。

［述评］直是纵横之祖，全不似圣贤门风。

1 执：拘禁，逮捕。 2 堕党而崇仇：打击了与吴国同盟的意图，助长了与吴国为仇的情绪。

虞卿

秦攻赵于长平，大破之，引兵而归，因使人索六城于赵而讲。赵计未定，楼缓新从秦来，赵王与楼缓计之曰："与秦城何如？不与何如？"楼缓辞让曰："此非臣之所能知也。"王曰："虽然，试言公之私。"楼缓曰："王亦闻夫公甫文伯母乎？公甫文伯官于鲁，病死，妇人为之自杀于房中者二八。其母闻之，不哭也，相室曰：'焉有子死而不哭者乎？'其母曰：'孔子，贤人也，逐于鲁，是人不随。今死而妇人为死者十六人，若是者，其于长者薄，而于妇人厚。'故从母言之，为贤母也；从妇言之，必不免于妒妇也。故其言一也，言者异，则人心变矣。今臣新从秦来，而言'勿与'，则非计也；言'与之'，则恐王以臣之为秦也。故不敢对。使臣得为王计之，不如予之。"王曰："诺。"

虞卿闻之，入见王。王以楼缓言告之，虞卿曰："此饰说也。"王曰："何谓也？"虞卿曰："秦之攻赵也，倦而归乎？王以其力尚能进，爱王而不攻乎？"王曰："秦之攻我也，不遗余力矣，必以倦而归也。"虞卿曰："秦以其力攻其所不能取，倦而归，王又以其力之所不能攻而资之，是助秦自攻也。来年秦复攻王，王无以救矣。”

王以虞卿之言告楼缓，楼缓曰：“虞卿能尽知秦力之所至乎？诚知秦力之所不至，此弹丸之地犹不予也！今秦来复攻，王得无割其内而媾乎？”王曰：“诚听子割矣，子能必来年秦之不复攻我乎？”楼缓对曰：“此非臣之所敢任也。昔日三晋之交于秦，相善也，今秦释韩、魏而独攻王，王之所以事秦，必不如韩、魏也。今臣为足下解负亲之攻，启关通币，齐交韩、魏。至来年，而王独不取于秦，王之所以事秦者，必在韩、魏之后也。此非臣之所以敢任也。”

王以楼缓之言告虞卿，虞卿曰：“楼缓言‘不媾，来年秦复攻王’，得无更割其内而媾？今媾，楼缓又不能必秦之不复攻也，虽割何益？来年复攻，又割其力之所不能取而媾也。此自尽之术也！不如无媾。秦虽善攻，不能取六城；赵虽不能守，亦不至失六城。秦倦而归，兵必罢。我以六城收天下，以攻罢秦，是我失之于天下，而取偿于秦也。吾国尚利，孰与坐而割地，自弱以强秦？今楼缓曰：‘秦善韩、魏而攻赵者，必王之事秦不如韩、魏也。’是使王岁以六城事秦也，即坐而地尽矣。来年秦复求割地，王将予之乎？不予，则是弃前资而挑秦祸也；予之，则无地而给之。语曰：‘强者善攻，而弱者不能自守。’今坐而听秦，秦兵不敝而多得地，是强秦而弱赵也。以益强之秦，而割愈弱之赵，其计固不止矣！且秦虎狼之国也，无礼义之心，其求无已，而王之地有尽，以有尽之地，给无已之求，其势必无赵矣。故曰：‘饰说也，王必勿与！’”王曰：“诺。”

楼缓闻之，入见于王，王又以虞卿之言告之，楼缓曰：“不然，虞卿得其一，未知其二也。秦、赵构难，而天下皆说。何也？曰：我将因强而乘弱。今赵兵困于秦，天下之贺战胜者，则必在于秦矣。故不若亟割地求和，以疑天下，慰秦心；不然，天下将因秦之怒，乘赵之敝而瓜分之。边批：主连衡者皆持此说为恐吓，却被虞卿揭破。赵且亡，何秦之图？王以此断之，勿复计也。”

虞卿闻之，又入见王曰：“危矣，楼子之为秦也！夫赵兵困于秦，又割地为和，是愈疑天下，而何慰秦心哉！不亦大示天下弱乎！且臣曰勿予者，非固勿予而已也，秦索六城于王，王以六城赂齐，齐、秦之深仇也，得王六城，并力而西击秦也！齐之听王，不待辩之毕也。是王失于齐，而取偿于秦，一举结三国之亲，而与秦易道也。”赵王曰：“善。”因发虞卿东见齐王，与之谋秦。虞卿未反，秦之使者已在赵矣。楼缓闻之，逃去。

[述评]从来议割地之失，未有痛切快畅于此者！

陈轸

陈轸去楚之秦。张仪谓秦王曰：“陈轸为王臣，常以国情输楚[1]。仪不能与从事，愿王逐之，即复之楚，愿王杀之！”王曰：“轸安敢之楚也？”王召陈轸告之曰：“吾能听子，子欲何之？请为子约车。”对曰：“臣愿之楚。”王曰：“仪以子为之楚，吾又自知子之楚，子非楚且安之也？”轸曰：“臣出，必故之楚，以顺[2]王与仪之策，而明臣之楚与否也。楚人有两妻者，人誂[3]其长者，长者詈之；誂其少者，少者许之。居无几何，有两妻者死。客谓誂者曰：‘汝取长者乎，少者乎？’‘取长者。’客曰：‘长者詈汝，少者和汝，汝何为取长者？’曰：‘居彼人之所，则欲其许我也，今为我妻，则欲其为詈人也。’今楚王，明主也；而昭阳，贤相也。轸为人臣，而常以国情输楚，楚王必不留臣，昭阳将不与臣从事矣，以此明臣之楚与不。”轸出，张仪入，问王曰：“陈轸果安之?”王曰：“夫轸，天下之辩士也，熟视寡人曰：‘轸必之楚。’寡人遂无奈何也。寡人因问曰：‘子必之楚也，则仪之言果信也。’轸曰：‘非独仪之言，行道之人皆知之。昔者子胥忠其君，天下皆欲以为臣；孝己爱其亲，天下皆欲以为子。故卖仆妾不出里巷而取者，良仆妾也；出妇嫁于乡里者，善妇也。臣不忠于王，楚何以轸为忠？忠且见弃，轸不之楚而何之乎？’”王以为然，遂善待之。

1 常以国情输楚：经常将秦国的情报输送给楚国。 2 顺：顺从，让（秦王与张仪的说法）得以实现。 3 誂：挑逗。

狄仁傑

武承嗣、三思营求为太子，狄仁傑从容言于太后曰：“姑侄与子母孰亲？陛下立子，则千秋万岁后配食太庙；若立侄，则未闻侄为天子，而祔姑于庙者也。”太后乃寤。

[述评]议论到十分醒快处，虽欲不从而不可得。庐陵反正，虽因鹦鹉折翼及双陆不胜之梦，实姑侄子母之说有以动之。凡恋生前，未有不计死后者。

时王方庆居相位，以其子为眉州司士参军，天后问曰：“君在相位，子何远乎？”对曰：“庐陵是陛下爱子，今犹在远；臣之子，安敢相近？”此亦可谓善讽矣。然慈主可以情动，明主当以理格，则天明而不慈，故梁公辱昌宗而不怒，进张柬之而不疑，皆因其明而用之。

陆贾　齐地王先生

平原君朱建，为人刚正而有口。辟阳侯得幸吕太后，欲知 1
建，建不肯见。及建母死，贫未有以发丧。方假贷，陆贾素善建，乃令建发丧，而身见辟阳侯，贺之曰："平原君母死。"边批：奇语。辟阳侯曰："平原君母死，何乃贺我？"贾曰："前君侯欲知平原君，平原君义不知君，以其母故。夫相知者，当相恤其灾危，今其母死，君诚厚送丧，则彼为君死矣。"辟阳侯乃奉百金祱，列侯贵人以辟阳侯故，往赙凡五百金。久之，人或毁辟阳侯，惠帝大怒，下吏，欲诛之。吕太后惭，不可言。大臣多害辟阳侯行，欲遂诛之，辟阳侯困急，使人欲见建，建辞曰："狱急，不敢见。"建乃求见孝惠幸臣闳孺，说之曰："君所以得幸帝，天下莫不闻；今辟阳侯下吏，道路皆言君谗欲杀之。今日辟阳侯诛，旦日太后含怒，亦诛君。君何不肉袒，为辟阳侯言于帝？帝听，出辟阳侯，太后大欢，两主俱幸，君之富贵益倍矣。"于是闳孺大恐，从其计，言帝，帝果出辟阳侯。辟阳侯始以建为背己，大怒，及其出之，乃大惊。吕太后崩，大臣诛诸吕。辟阳侯于诸吕至深，而卒免于诛，皆陆生、平原君之计画也。

［述评］不但陆贾、朱建智，辟阳侯亦智。

梁孝王既刺杀袁盎，事觉，惧诛，乃赍邹阳千金，令遍求方略以解。阳素知齐人王先生，年八十余，多奇计，即往求之。王先生曰："难哉，人主有私怨深怒，欲施必行之诛，诚难解也。子今且安之。"阳曰："邹、鲁守经学，齐、楚多辩智，韩、魏时有奇节，吾将历问之。”王先生曰：“子行矣，还，过我而西。”阳行月余，莫能为谋者，乃还过王先生，曰：“臣将西矣，奈何？”先生曰：“子必往见王长君。”邹阳悟，辄辞去，不过梁，径至长安，见王长君。长君者，王美人兄也。阳乘间说曰：“臣愿窃有谒也。臣闻长君弟得幸后宫，天下无有，而长君行迹多不循道理。今陛下穷竟袁盎事，即梁王恐诛，太后怫郁，无所发怒，必切齿侧目于贵臣，而长君危矣！”长君瞿然曰：“奈何？”阳曰：“第能为上言，得无竟[2]梁事，则太后必德长君，金城之固也。”长君如其计，梁事遂寝。

[述评]朱建一篇程文抄得恰好，不惟王先生智，邹阳亦智。

1 知：相知，结交。　2 竟：穷究。

［明］吴伟《东方朔偷桃图》

［明］仇英《孔子圣迹图》之《接舆狂歌图》

善言卷二十

唯口有枢，智则善转。孟不云乎，言近指远。组以精神，出之密微。不烦寸铁，谈笑解围。集《善言》。

孔子

陈侯起凌阳之台，未终，而坐法死者数人。又执三监吏，群臣莫敢谏者。孔子适陈，见陈侯，与登台而观之，孔子前贺曰：“美哉，台乎！贤哉，主也！自古圣人之为台，焉有不戮一人而能致功若此者？”陈侯默然，使人赦所执吏。

简雍

先主时天旱，禁私酿。吏于人家索得酿具，欲论罚。简雍与先主游，见男女行道，谓先主曰：“彼欲行淫，何以不缚？”先主曰：“何以知之？”对曰：“彼有其具。”先主大笑而止。

梁適　孙沔

契丹遣使与中国书，所称“大宋”“大契丹”，似非兄弟之国，今辄易曰“南朝”“北朝”。上诏中书、密院共议，辅臣多言：“不从将生隙。”梁庄肃曰：“此易屈耳，但答言宋盖本朝受命之土，契丹亦北朝国号，无故而自去，非佳兆。”其年贺正使来，复称“大宋”如故。

皇祐末，契丹请观太庙乐人。帝以问宰相，对曰：“恐非享祀，不可习也。”枢密副使孙公沔曰：“当以礼折之，云：‘庙乐之作，皆本朝所以歌咏祖宗功德也，他国可用耶？使人如能助吾祭，乃观之。’”仁宗从其言。使者不敢复请。

某布政司吏

相传某布政请按台酒，坐间，布政以多子为忧，按君止一子，又忧其寡。吏在傍云：“子好不须多。”布政闻之，因谓曰：“我多子，汝又云何？”答曰：“子好不愁多。”二公大称赞，共汲引之。

兵智部第八

兵智部总序

冯子曰：岳忠武论兵曰："仁、智、信、勇、严，缺一不可。"愚以为智尤甚焉。智者，知也。知者，知仁、知信、知勇、知严也。为将者，患不知耳。诚知，差[1]之暴骨，不如践[2]之问孤；楚之坑降，不如晋之释原；偃之迁延，不如萏之斩嬖；季之负载，不如孟之焚舟。虽欲不仁、不信、不严、不勇，而不可得矣。又况夫泓水之襄败于仁，鄢陵之共败于信，阆中之飞败于严，邲河之縠败于勇。越公委千人以尝敌，马服须后令以济功，李广罢刁斗之警，淮阴忍胯下之羞。以仁、信、勇、严而若彼，以不仁、不信、不严、不勇而若此。其故何哉？智与不智之异耳！愚遇智，智胜；智遇尤智，尤智胜。故或不战而胜，或百战百胜，或正胜，或谲胜，或出新意而胜，或仿古兵法而胜。天异时，地异利，敌异情，我亦异势。用势者，因之以取胜焉。往志之论兵者备矣，其成败列在简编，的的可据。吾于其成而无败者，择著于篇，首"不战"，次"制胜"，次"诡道"，次"武案"。岳忠武曰："运用之妙，在乎一心。"武案则运用之迹也。儒者不言兵，然儒者政不可与言兵。儒者之言兵恶诈，智者之言兵政恐不能诈。夫惟能诈者能战，能战者，斯能为不战者乎？

1 差：吴王夫差。　2 践：越王勾践。

不战卷二十一

形逊声，策绌力。胜于庙堂，不于疆场。胜于疆场，不于矢石。庶可方行天下而无敌，集《不战》。

王德用

王德用为定州路总管，日训练士卒，久之，士殊可用。会契丹有谍者来觇，或请捕杀之。德用曰：“第舍之，吾正欲其以实还告。百战百胜，不如以不战胜也。”明日故大阅，士皆踊跃思奋，乃阳下令：“具糗粮，听吾旗鼓所向。”觇者归告，谓：“汉兵且大入。”遂来议和。

程昱

程昱守鄄城，兵仅七百人。操闻袁绍在黎阳将南渡，欲以兵三千益之。昱不肯，曰：“袁绍拥十万众，自以所向无前，今见昱兵少，必不来攻。若益以兵，则必攻，攻则必克。”绍果以昱兵少，不肯攻。操谓贾诩曰：“程昱之胆，过于贲、育。”

[述评]七百与三千，均非十万敌也，而益兵之名，足以招寇。昱之见胜于曹公远矣！

李光弼

史思明屯兵于河清，欲绝光弼粮道。光弼军于野水渡以备之。既夕，还河阳，留兵千人，使将雍希颢守其栅，曰："贼将高廷晖、李日越，皆万人敌也，至勿与战，降则俱来。"诸将莫谕其意，皆窃笑之。既而思明果谓日越曰："李光弼长于凭城，今出在野。汝以铁骑宵济，为我取之。不得，则勿反。"日越将五百骑，晨至栅下，问曰："司空在乎？"希颢曰："夜去矣。"日越曰："失光弼而得希颢，吾死必矣！"遂请降。希颢与之俱见光弼，光弼厚待之，任以心腹。高廷晖闻之，亦降。或问光弼："降二将何易也？"光弼曰："思明常恨不得野战，闻我在外，以为可必取。日越不获我，势不敢归；廷晖才过于日越，闻日越被宠任，必思夺之矣。"

［述评］《传》云："作事威克其爱，虽小必济。"然过威亦复偾事，史思明是也。

制胜卷二十二

危事无恒，方随病设。躁或胜寒，静或胜热。动于九天，入于九渊。风雨在手，百战无前。集《制胜》。

孙膑

孙子同齐使之齐，客田忌所。忌数与齐诸公子逐射，孙子见其马足不甚相远，马有上、中、下，乃谓忌曰："君第重射，臣能令君胜。"忌然之，与王及诸公子逐射千金。及临质，孙子曰："今以君之下驷与彼上驷，取君上驷与彼中驷，取君中驷与彼下驷。"既驰三辈毕，而田忌一不胜而再胜，卒得五千金。

[述评] 唐太宗尝言："自少经略四方，颇知用兵之要，每观敌阵，则知其强弱。常以吾弱当其强，强当其弱。彼乘吾弱，奔逐不过数百步；吾乘其弱，必出其阵后，反而击之，无不溃败。"盖用孙子之术也。

宋高宗问吴璘以胜敌之术。璘曰："弱者出战，强者继之。"高宗亦曰："此孙膑驷马之法。"

魏伐赵，赵急请救于齐。齐威王欲将孙膑，膑以刑余辞，乃将田忌，而孙子为师，居辎车中，坐为计谋。田忌欲引兵救赵，孙子曰："夫解纷者不控卷[1]，救斗者不搏撠[2]；批亢捣虚，形格势禁，则自为解耳。今梁、赵相攻，轻兵锐卒必尽于外，老弱罢于内。君不若引兵疾走大梁，边批：致人。冲其方虚，彼必释赵而自救，是我一举解赵之困，而收敝于魏也。”忌从之，魏果去邯郸，与齐战于桂陵，边批：致于人。大破梁军。

1 解纷者不控卷：想解开缠绕的线团就不能把它握在手里。
2 救斗者不搏撠：劝架不能自己也卷入缠斗。

陆逊　陆抗

昭烈率众伐吴，自巫峡至夷陵，连营七百余里，而先遣吴班将数千人，平地立营以挑战。吴诸将皆欲击之，陆逊不许，曰：“此必有谲。”坚壁良久，昭烈知计不行，乃引伏兵从谷中出，凡八千人。逊谓诸将曰：“所以不听击班者，正为此也。今而后吾知所以破之矣！”乃敕于暮夜，人各持茅一把，每间[1]一营，辄攻一营，同时火举，首尾不能相救，于是四十余营，一战俱破。

［述评］魏文帝闻昭烈树栅连营状，顾谓群臣曰：“备不知兵，必破矣。岂有七百里连营，而可以拒敌者乎？包原隰险阻以营军者，必为敌擒，此兵忌也！”后七日，而孙权捷书至，以昭烈之老于行间，而识不及曹丕，何也？岂所谓“老将至而耄及之”[2]乎？

昭烈之伐吴，苻坚之寇晋，皆倾国之兵也。然昭烈之谋狡，故宜静以待之；苻坚之气骄，故宜急以挫之。狡谋穷则敌困，骄气挫败敌衰，所以虽众无所用之也。按：淝水之役，苻融攻硖石，坚留大军于项城，自引轻骑八千就之。朱序私于谢石曰：“若秦兵尽至，诚难与为敌，今乘诸军未集，宜速击之。若败其前锋，则彼已夺气，可遂破也。”石从之。

西陵督步阐以城降晋。抗闻，日夜督兵赴西陵，别筑严围，使内可围阐，外可御寇，而不攻城。诸将咸谏曰："及兵之锐，宜急攻阐。比晋救至，阐必拔矣。何事于围，而以敝士民之力？"抗曰："此城甚固，而粮又足，其缮修备御具皆抗所亲规。攻之急未能克，而救且至；救至而无备，表里受敌，何以御之？"诸将犹不谓然。抗欲服众，乃听令一攻，果不利，于是围备始力。未几，晋杨肇帅兵来救，时我军都督俞赞忽亡诣肇。抗曰："赞，军中旧吏也，知吾虚实。吾尝虑夷兵素不简练，若敌来攻，必先此处。"是夜易夷民，而悉以旧将统之。明日，肇果攻故夷兵处，抗击之，矢石雨下。肇夜遁，抗不追，而但令鸣鼓发喊，若将攻者。肇大溃，引去。遂复西陵，诛阐。

［述评］陆逊、陆抗，是父是子！

1 间：间隔。让军队在围击刘备军队营地的时候，围一坐，隔一坐，进攻时等同夹击，使得刘备的军队首尾不能兼顾，同时造成声势。 2 老将至而耄及之：年纪大了，后辈赶上来了。

朱儁

黄巾贼党韩忠，以十万人据宛，诏朱儁以八千人讨之。儁张围结垒，起土山以临城内，鸣鼓攻其西南。贼悉众赴西南，儁自将精兵五千掩其东北，乘城而入。忠乃退保子城，惶惧乞降。时司马张超等议听之，儁曰："不可！今海内一统，独黄巾造逆，纳降徒长逆萌，非长计！"急攻之，不克。儁乃登土山望之，顾谓张超曰："吾知之矣，贼外围周固，乞降不受，欲出不得，所以死战。不如撤围，并兵入城，忠见围解，势必自出，出则意散[1]，易破之道也。"既解围，忠果出，因击，大破之。

1 意散：军心涣散，斗志全无。

曹玮

曹玮知渭州，时年十九。尝出战小捷，虏引去。玮侦虏去已远，乃缓驱所掠牛马辎重而还。虏闻玮逐利行迟，师又不整，遽还兵来袭。将至，玮使谕之曰："军远来，必甚疲，我不乘人之急，请休憩士马，少选决战。"虏方甚疲，欣然解严，歇良久，玮又使谕之："歇定，可相驰矣！"于是鼓军而进，大破之。因谓其下曰："吾知虏已疲，故为贪利以诱之，比其复来，几行百里矣。若乘锐以战，犹有胜负，远行之人，小憩则足痹，不能立，人气亦阑，吾以此取之。"玮在军，得人死力，平居甚暇，及用师，出入若神。一日，张乐饮僚吏，中坐失玮所在，明日徐出视事，而贼首已掷庭下矣。贾同造玮，欲按边，邀与俱，同问："从兵安在？"曰："已具。"既出就骑，见甲士三千环列，初不闻人马声。

［述评］只看城中肃然不闻鸡犬，便知刘锜必能胜敌；只看甲士三千环列，初不闻人马声，便知敌必不能犯曹玮。

吴成器

休宁吴成器由吏员为余姚主簿时，胡梅林用兵之际，闻倭至绍兴，欲择能事者往探。县令已遣丞，丞惧，不欲行。吴大言曰："探一信便畏缩，况交锋耶？"丞以告令，令壮其言，荐于院。胡公召见，问："吴簿能探贼乎？"曰："能。"公曰："若果能往，当以某部二千人畀汝，听汝指挥。"吴曰："不须如许，但容某自选择，乃可从之。”吴于教场立格，选得五百人，帅以往。见所过山村俱束装谋遁，吴谕之：“无畏，大兵随后至矣。但尔曹须从我戒。”众唯唯听命。吴指山间草积，谓曰：“尔若遁，此皆非汝有。今与汝约，以炮声为号，为我举火焚之，我为尔杀贼。”众许诺，夜半行至陶家畈，探知倭船十三只泊河下，群倭掳掠既饱，聚饮村中，搂妇人而卧。乃分遣五百人歼其守船者，徙其舟，连举大炮。山民如约，皆举火。倭于梦中闻炮声，惊起，则火光烛天，疑大兵至，争窜至河下，已失舟。方彷徨寻觅，吴率众呼噪而至，斩获数百级，倭自此绝不敢犯绍兴。胡公上其功，随升绍兴府判，后升佥事。

［述评］如此吏员，恐科甲中亦不易得也。

王式

浙东贼裘甫作乱，以王式为观察使讨平之。诸将诣于式曰：“公始至，军食方急，而遽散之，何也？”式曰：“贼聚谷以诱饥人。吾给之食，则彼不为盗。且诸县无守兵，贼至，则仓谷适足资之耳。”“不置烽燧，何也？”式曰：“烽燧所以趋救兵也。今兵尽行，徒惊士民耳。”“使懦卒为候骑，而少给兵，何也？”式曰：“彼勇卒操利，遇敌则不量力而斗，斗死则贼至不知矣。”皆拜曰：“非所及也。”

诡道卷二十三

道取其平，兵不厌诡。实虚虚实，疑神疑鬼。彼暗我明，我生彼死。出奇无穷，莫知所以。集《诡道》。

郑公子突

北戎侵郑，郑伯御之，患戎师，曰："彼徒我车，惧其侵轶我也。"公子突曰："使勇而无刚者，尝寇而速去之。君为三覆以待之。戎轻而不整[1]，贪而无亲，胜不相让，败不相救。先者见获，必务进；进而遇覆，必速奔。后者不救，则无继矣，乃可以逞。"从之，戎人之前遇覆者奔，祝聃逐之，衷[2]戎师，前后击之，尽殪，戎师大奔。

［述评］茅元仪曰："千古御戎，不出数语，今则反是，戎安得不逞？"

1 轻而不整：率性而为，军纪不严。 2 衷：中断。

夫概王

吴败楚师于柏举，追及清发，将击之。阖闾之弟夫概王曰："困兽犹斗，况人乎？若知不免而致死，必败我。若使先济者知免，后者慕之，蔑有斗心矣，半济而后可击也。"从之，大败楚人，五战及郢。

芳贾 潘尪

楚大饥，庸人率群蛮叛楚。麇人帅百濮聚于选，将伐楚。于是申、息之北门不启。楚人谋徙于阪高。边批：无策。芳贾曰："不可，我能往，寇亦能往。不如伐庸。夫麇与百濮谓我饥不能师，故伐我也。若我出师，必惧而归。百濮离居，将各走其邑，谁暇谋人？"及出师侵庸，及庸方城。庸人逐之，囚子扬窗[1]。三宿而逸，曰："庸师众，群蛮聚焉，不如复大师，且起王卒，合而后进。"边批：庸策。师叔[2]曰："不可，姑又与之遇以骄之。彼骄我怒，而后可克，先君蚡冒所以服陉隰也。"又与之遇，七遇皆北。庸人曰："楚不足与战矣！"遂不设备。楚子乘驲，会师于临品，分为二队以伐庸。群蛮从楚子盟，遂灭庸。

［述评］楚以不徙而存，宋以南渡而削。我朝土木之变，徐武功倡言南迁，赖肃愍诸公不惑其言。不然，事未可知矣！

1 子扬窗：楚国将军名。 2 师叔：潘尪，字师叔，楚国大夫。

李广 王越

广与百余骑独出，望匈奴数千骑，见广，以为诱骑，皆惊，上山陈。广之百骑皆大恐，欲驰还走，广曰："吾去大军数十里，今如此以百骑走，匈奴追射，我立尽。今我留，匈奴必以我为大军之诱，必不敢击。"乃令诸骑曰："前。"前未到匈奴阵二里所，止，令曰："皆下马解鞍。"其骑曰："虏多且近，即有急，奈何？"广曰："彼虏以我为走，今皆解鞍以示不走。"于是胡骑遂不敢击。有白马将出护其兵，广上马，与十余骑奔射杀胡白马将，而复还至其骑中，解鞍，令士皆纵马卧。会暮，胡兵终怪之，不敢击。夜半，疑汉伏军欲夜取之，皆引去。平旦，广乃归大军。

威宁伯王越与保国公朱永帅千人巡边。虏猝至，主客不当，永欲走，越止之，为阵列自固，虏疑未敢前。薄暮，令骑皆下马衔枚，鱼贯行，毋反顾，自率骁勇殿[1]。从山后走五十里，抵城，虏不觉，明日乃谓永曰："我一动，虏蹑击，无噍类矣！结阵，示暇形以惑之也，次第而行，且下马，无军声，故虏不觉也。"

1 殿：殿军，殿后。

孙膑　虞诩

魏庞涓攻韩。齐田忌救韩，直走大梁。涓闻之，去韩而归，齐军已过而西矣。孙子谓田忌曰："彼三晋之兵，素悍勇而轻齐，齐号为怯。善战者，因其势而利导之。兵法：'百里而趣利者，蹶上将；五十里而趣利者，军半至。'"使齐军入魏地，为十万灶，明日为五万灶，又明日为三万灶。涓行三日，大喜曰："吾固知齐军怯，入吾地三日，士卒亡者过半矣！"乃弃其步军，与其轻锐兼程逐之。孙子度其行，暮当至马陵。马陵道狭，而旁多阻隘，可伏兵，乃斫大树，白而书之，曰："庞涓死此树下。"边批：奇计独造。于是令齐军善射者万弩夹道而伏，期曰："暮见火举而俱发。"涓果夜至斫木下，见白书，乃钻火烛之。读未毕，齐军万弩俱发，魏军乱，大败，庞涓自刭。

［述评］李温陵曰："世岂有十万之师，三日之内减至三万，而犹不知其计者乎？"

羌寇武都，迁虞诩为武都太守。羌乃率众数千，遮诩于陈仓崤谷。诩军停车不进，而宣言"上书请兵，须到乃发"。羌闻之，乃分钞旁县。诩因其兵散，日夜进道，兼行百余里。令军士各作两灶，日增倍之。羌不敢逼。或问曰："孙膑减灶，而君增之，兵法日行不过三十里，而今且二百里，何也？"诩曰："虏众我寡，徐行则易为所及，速进则彼所不测。虏见吾灶日增，必谓郡兵来迎，众多行速，必惮追我。孙膑见弱，吾今示强，势不同也。"

既到郡，兵不满三千，而羌众万余，攻围赤亭数十日。诩乃令军中使强弩勿发，而潜发小弩。羌以为矢力弱不能至，并兵急攻，诩于是使二十强弩共射一人，发无不中，羌大震退。诩因出城奋击，多所伤杀，明日悉阵其众，令从东郭门出，北郭门入，贸易衣服[1]，回转数周。羌不知其数，更相恐动。诩计贼当退，乃潜遣五百余人，浅水设伏，候其走路。虏果大奔，因掩击，大破之。

1 贸易衣服：更换衣服。

祖逖　檀道济　岳飞

祖逖将韩潜与后赵将桃豹分据陈川故城，相守四旬。逖以布囊盛土，使千余人运以馈。潜又使数人担米息于道，豹兵逐之，即弃而走，豹兵久饥，以为逖士众丰饱，大惧，宵遁。

宋檀道济伐魏，累胜。至历城，魏以轻骑邀其前后，焚烧谷草。道济军食尽，引还。有卒亡降魏，具告之。魏人追之，众汹惧将溃。道济夜唱筹量沙，以所余少米覆其上。及旦，魏兵见之，谓道济资粮有余，以降者为妄而斩之。道济全军以归。

岳飞奉诏招抚岭表贼曹成，不从，乃上奏："群盗力强则肆横，力屈则就招。不加剿而遽议招，未易也。"遂率兵入。会得成谍者，缚之帐下。飞出帐，调兵食。吏白曰："粮尽矣，奈何？"边批：飞使之。飞阳曰："且反茶陵。"已而顾谍作失意状，顿足而入。阴令逸之，计谍归告，成必来追。即下令蓐食，潜趣绕岭。未明，已逼贼垒。出不意，惊呼曰："岳家军至矣！"飞乘之，遂大溃。自是连夺其险隘。贼穷，飞乃曰："招今可行矣。"

［述评］孙膑强而示之弱，虞诩弱而示之强。祖逖、檀道济饥而示之饱，岳忠武饱而示之饥。

闺智部第九

闺智部总序

冯子曰：语有之："男子有德便是才，妇人无才便是德。"其然，岂其然乎！夫祥麟虽祥，不能搏鼠；文凤虽文，不能攫兔。世有申生、孝己之行，才竟何居焉？成周圣善，首推邑姜，孔子称其才与九臣埒，不闻以才贬德也。夫才者，智而已矣，不智则懵。无才而可以为德，则天下之懵妇人毋乃皆德类也乎？譬之日月：男，日也；女，月也。日光而月借，妻所以齐也；日殁而月代，妇所以辅也。此亦日月之智、日月之才也。令日必赫赫，月必曀曀[1]，曜一而已，何必二？余是以有取于闺智也。贤哲者，以别于愚也；雄略者，以别于雌也。吕、武[2]之智横而不可训也。灵芸之属智于技，上官之属智于文：纤而不足，术也。非横也，非纤也，谓之才可也，谓之德亦可也。若夫孝义节烈，彤管传馨，则亦闺阃中之麟祥凤文，而品智者未之及也。

1 曀曀：阴晦貌。　2 吕、武：吕雉、武则天。

贤哲卷二十五

匪贤则愚，唯哲斯肖。嗟彼迷阳，假途闺教。集《贤哲》。

马皇后

高皇帝初造宝钞，屡不成，梦人告曰："欲钞成，须取秀才心肝为之。"觉而思曰："岂欲我杀士耶？"马皇后启曰："以妾观之，秀才们所作文章，即心肝也。"上悦，即于本监取进呈文字用之，钞遂成。

李邦彦母

李太宰邦彦父曾为银工，或以为诮，邦彦羞之，归告其母。母曰："宰相家出银工，乃可羞耳；银工家出宰相，此美事，何羞焉？"

［述评］狄武襄不肯祖梁公，我圣祖不肯祖文公，皆此义。

伯宗妻

晋伯宗朝，以喜归。其妻曰："子貌有喜，何也？"曰："吾言于朝，诸大夫皆谓我智似阳子阳处父。"对曰："阳子华而不实，主言而无谋，是以难及其身，子何喜焉？"伯宗曰："我饮诸大夫而与之语，尔试听之。"曰："诺。"其妻曰："诸大夫莫子若也。然而民不能戴其上久矣，难必及子，盍亟索士，憖赖也。庇州犁州犁，伯宗子。焉？”得毕阳[1]。后诸大夫害伯宗，毕阳实送州犁于荆。初，伯宗每朝，其妻必戒之曰：“盗憎主人，民怨其上，子好直言，必及于难。”[2]

1得毕阳：找到毕阳。 2此四句意：做强盗的，最恨所偷抢人家的主人；做百姓的，最喜欢怨恨当官的。你这么喜欢直话直说（“你这么傻，缺乏政治智慧”的修饰语），恐怕会遭麻烦。

侯敏妻

则天朝，太仆卿来俊臣之强盛，朝官侧目。上林令侯敏偏事之，其妻董氏谏曰：“俊臣国贼也，势不可久，一朝事坏，奸党先遭，君可敬而远之。”敏稍稍而退，俊臣怒，出为涪州武隆令。敏欲弃官归，董氏曰：“但去莫求住[1]。”遂行，至州，投刺参州将，错题一张纸。边批：故意。州将展看尾后有字，大怒曰：“修名不了[2]，何以为县令？”不放上。敏忧闷无已，董氏曰：“但住莫求去。”停五十日，忠州贼破武隆，杀旧县令，略家口并尽，敏以不许上获全。后俊臣诛，逐其党流岭南，敏又获免。

1但去莫求住：但去无妨，只是不要当作长久之计。 2修名不了：连自己的名字都写不好。修名，写名片。

袁隗妻

袁隗妻，马融女也，字伦，有才辩。家世丰豪，资装甚盛。初成礼，隗问之曰：“妇奉箕帚而已，何过珍丽乎？”对曰：“慈亲垂爱，不敢逆命。君若慕鲍宣、梁鸿之高者，妾亦请从少君、德曜之事矣。”隗又曰：“弟先兄举，世以为笑，处姊未适，先行可乎？”对曰：“妾姊高行殊貌，未遭良匹；不似鄙薄，苟然而已。”边批：隗应大惭。又问曰：“南郡君学穷道奥，文擅词宗，而所在动以贿闻，何也？”对曰：“孔子大圣，蒙毁武叔；子路大贤，见诉伯寮。家君获此，固其宜耳。”隗默然，不能屈。

李夫人

李夫人病笃，上自临候之。夫人蒙被谢曰：“妾久寝病，形貌毁坏，不可以见帝，愿以王及兄弟为托。李生昌邑哀王。”上曰：“夫人病甚，殆将不起，属托王及兄弟，岂不快哉！”夫人曰：“妇人貌不修饰，不见君父，妾不敢以燕婧见帝。”上曰：“夫人第一见我，将加赐千金，而予兄弟尊官。”夫人曰：“尊官在帝，不在一见。”上复言，必欲见之，夫人遂转向嘘唏而不复言。于是上不悦而起，夫人姊妹让之曰：“贵人独不可一见上，属托兄弟耶。何为恨上如此？”夫人曰：“夫以色事人者，色衰而爱弛，爱弛则恩绝。上所以恋恋我者，以平生容貌故。今日我毁坏，必畏恶吐弃我，边批：识透人情。尚肯复追思闵录其兄弟哉？所以不欲见帝者，乃欲以深托兄弟也。”及夫人卒，上思念不已。

雄略卷二十六

士或巾帼，女或弁冕。行不逾阈，谟能致远。睹彼英英，惭余谫谫。集《雄略》。

齐襄王后

秦王使人献玉连环于君王后，齐襄王之后，太史氏。曰："齐人多智，能解此环乎?"君王后取椎击碎之，谢使者曰："已解之矣。"

［述评］君王后识法章于佣奴之中，可谓具眼。其椎碎连环，不受秦人戏侮，分明女中蔺相如矣。汉惠时，匈奴为书以谑吕后，耻莫大焉，而乃过自贬损，为好语以答之。平、勃皆在，无一君王后之智也，何哉?

李侃妻

建中末，李希烈陷汴州，谋袭陈。李侃为项城令，欲逃去，妇曰："寇至当守，力不足则死，焉逃之?若重赏募死士，可守也。"侃乃召吏民告之曰："令诚若主，然满岁则去，非如吏民生此土也，坟墓皆在，宜相与竭力死守。"众皆泣，乃徇曰："以瓦石击贼者，赏钱千；以刀矢杀贼者，赏钱万。"得数百人，率以乘城。妇自炊爨以享众，使报贼曰："项城父老，义不下贼，得吾城不足为威，徒失和，无益也。"会侃中流矢，走还。

妻怒曰："君不在，人谁肯守，死于外，不犹愈于床乎？"侃乃登城，贼引去，县卒完。

蓝姐

绍兴中，京东王寓新淦之涛泥寺，尝燕客。中夕散，主人醉卧，俄而盗群入，执诸子及群婢缚之。群婢呼曰："司库钥者蓝姐也。"蓝即应曰："有，毋惊主人。"付匙钥，秉席上烛指引之，金银酒器首饰尽数取去。主人醒，方知，明发诉于县。蓝姐密谓主人曰："易捕也，群盗皆衣白。妾秉烛时，尽以烛泪污其背，当密令捕者以是验。"后果皆获。事见《贤奕编》。

杂智部第十

杂智部总序

冯子曰：智何以名杂也？以其黠而狡、慧而小也。正智无取于狡，而正智或反为狡者困；大智无取于小，而大智或反为小者欺。破其狡，则正者胜矣；识其小，则大者又胜矣。况狡而归之于正，未始非正；小而充之于大，未始不大乎？一饧也，夷以娭老，跖以脂户，是故狡可正，而正可狡也。一不龟手也，或以战胜封，或不免于洴澼絖，是故大可小，而小可大也。杂智具而天下无余智矣。难之者曰："大智若愚，是不有余智乎？"吾应之曰："政惟无余智，乃可以有余智。太山而却撮土，河海而辞涓流，则亦不成其太山河海矣！"鸡鸣狗盗，卒免孟尝，为薛上客，顾用之何如耳。吾又安知古人之所谓正且大者，不反为不善用智者之贼乎？是故以杂智终其篇焉。得其智，化其杂也可；略其杂，采其智也可。

狡黠卷二十七

英雄欺人，盗亦有道。智日以深，奸日以老。象物为备，禹鼎在兹。庶几不若，莫或逢之。集《狡黠》。

徐温

初，张颢与徐温谋弑其节度使杨渥。温曰："参用左右牙兵，必不一，不若独用吾兵。"边批：反言之。颢不可，温曰："然则独用公兵。"边批：本意如此。颢从之。后穷治逆党，皆左牙兵，由是人以温为实不知谋。

赵高　李林甫

赵高既劝二世深居，而己专决。李斯病之。高乃见斯曰："关东群盗多，而上益发繇治阿房宫，臣欲谏，为位卑，此真君侯之事，君何不谏?"斯曰："上居深宫，欲见无间。"高曰："请候上间语君。"于是待二世方燕乐，妇女居前，使人告斯："可奏事矣。"斯至上谒，二世怒。高因言丞相怨望欲反，下斯狱，夷三族。

李林甫谓李適之曰："华山有金矿，采之可以益国，上未之知也。"边批：使金果可采，林甫何不自言?他日適之言之，上以问林甫，对曰："臣久知之，但华山陛下本命，王气所在，凿之非宜，故不敢言。”上以林甫为爱己，而疏适之，遂罢政事。

严挺之徙绛州刺史。天宝初，帝顾林甫曰：“严挺之安在？此其才可用。”林甫退召其弟损之，与道旧，谆谆款曲，且许美官，因曰：“天子视绛州厚要，当以事自解归，得见上，且大用。”边批：天子果欲大用，何待见乎？因给挺之使称疾，愿就医京师。林甫已得奏，即言挺之春秋高，有疾，幸闲官得养。帝恨咤久之，乃以为员外詹事，诏归东郡。挺之郁郁成疾。

帝尝大陈乐勤政楼，既罢，兵部侍郎卢绚按辔绝道去。帝爱其蕴藉，称美之。明日，林甫召绚子，曰：“尊府素望，上欲任以交、广，若惮行，且当请老。”绚惧，从之，因出为华州刺史，绚由是废。

［述评］三人皆在林甫掌股中，为所玩弄而不知。信奸人之雄矣！然使適之不贪富贵之谋，挺之不起大用之念，卢绚不惮交、广之远，则林甫虽狡，亦安所售其计哉？愚谓此三人之愚，非林甫之智也。

秦桧

秦桧用事，天下贡献先入其门，而次及官家。一日，王夫人常出入禁中，显仁太后言：“近日子鱼[1]大者绝少。”夫人对曰：“妾家有之，当以百尾进。”归告桧，桧咎其失言，明日进糟青鱼百尾。显仁拊掌笑曰：“我道这婆子村，果然。”

又，程厚子山与桧善。为中舍时，一日邀至府第内阁，一室萧然，独案上有紫绫褾一册，写《圣人以日星为纪赋》，尾有“学生类贡进士秦埙呈”，文采艳丽。程兀坐静观，反复成诵，唯酒肴问劳沓至。及晚，桧竟不出，乃退，程莫测也。后数日，差知贡举宣押入院，始大悟，即以此命题。此赋擅场，埙遂首选。

1 子鱼：鲻鱼的别名，长江中一种珍贵难得、味道鲜美的鱼。

孙三

临安北门外西巷，有卖熟肉翁孙三者，每出，必戒其妻曰：“照管猫儿，都城并无此种，莫令外人闻见。或被窃去，绝吾命矣。我老无子，此与我子无异也。”日日申言不已。乡里数闻其语，心窃异之，觅一见不可得。一日，忽拽索出到门，妻急抱回，其猫干红色，尾足毛须尽然，见者无不骇羡。孙三归，责妻漫藏，棰詈交至。已而浸淫达于内侍之耳，即遣人啖以厚直，孙峻拒。内侍求之甚力，反复数四，仅许一见。既见，益不忍释，竟以钱三百千取去。孙涕泪，复棰其妻，竟日嗟怅。内侍得猫喜极，欲调驯然后进御。已而色泽渐淡，才及半月，全成白猫，走访孙氏，已徙居矣。盖用染马缨法积日为伪。前之告戒棰怒，悉奸计也。

朱化凡

瞽者朱化凡，居吴江，善卜，就卜者如市，家道浸康。一日晡时，忽有青衣二人传主人命，欲延朱子舟中问卜。其主人，贵公子也。朱辞以明晨，青衣不可，曰：“主人性卞急，且所占事不得缓。”固请同行，因左右翼而去。步良久，至一舟，似僻地，而人甚夥。坐定，且饮食之，谓朱曰：“吾侪探囊者，实非求卜，今宵拟掠一大姓，借汝为魁。”朱大恐，自云：“盲人无用。”答曰：“无他，但乞安坐堂中，以木拍案，高叫‘快取宝来’而已。得财当分惠汝，不然者，斫汝数段，投波中矣。”朱惧而从之，夜半如前翼之而行，到一家，坐朱堂中。朱如其戒，且拍且叫。群盗罄所藏而去，朱犹拍呼不已。主人妻初疑贼尚在，未敢出。久之，窃视，止一人，而其声颇似习闻者。因前缚，举火照之，乃其夫也，所劫即化凡家。惊问其故，方知群贼之巧。

猾吏奸官

包孝肃尹京日，有民犯法当杖脊。吏受赇，与约曰：“今见尹必付我责状。汝第呼号自辩，我与汝分此罪。”既而包引囚问毕，果付吏责状，囚如吏教，分辩不已，吏大声呵之曰：“但受杖出去，何用多言？”包谓其市权，捽吏于庭，杖之七十，特宽囚罪以抑吏势，不知为所卖也。

［述评］“包铁面”尚尔，况他人乎！

有县令监视用印，暗数已多一颗，检不得，严讯吏，亦不承。令乃好谓曰：“我明知汝盗印，今不汝罪矣，第为我言藏处。”此令素不食言者，于是吏叩头谢罪曰：“实有之，即折置印匣内，俟后开印时方取出耳。”又闻某按院疑一吏书途中受贿，亲自简查，无迹而止。盖按院止搜其通身行李，而串铃与马鞭、大帽明置案前，贿即在内，不及察也。吏之奸弊，何所不至哉！

小慧卷二十八

熠熠隙光，分于全耀。萤火难嘘，囊之亦照。我怀海若，取喻行潦。集《小慧》。

綦毋恢

韩咎立为君，未定也，弟在周，周欲重之，而恐韩之不立也。不立其弟。綦毋恢曰："不若以车百乘送之。得立，因曰为戒；不立，则曰来效贼也。"

薛公

齐王夫人死，有七孺子皆近。薛公欲知王所立，乃献七珥，美其一。明日视美珥所在，劝王立为夫人。

俞羡章

吴中镂书多利，而甚苦翻板。俞羡章刻《唐类函》将成，先出讼牒，谬言新印书若干，载往某处，被盗劫去，乞官为捕之。因出赏格，募盗书贼，由是《类函》盛行，无敢翻者。

孟陀

张让在桓帝时，权倾中外。让有监奴[1]主家，扶风富人孟陀倾囊结奴。奴德之，问陀何欲，欲为成就。陀曰："望汝曹为我一拜耳。"时公卿求谒让者车每填门，陀一日诣让，壅不得前。监奴望见，为率诸苍头迎拜于路，共辇入。时宾客大惊，谓让厚陀，遂争赂陀，旬日积资巨万。

［述评］无故而我结者，必有以用我矣。孟陀善贾，较吕不韦术更捷。

1 监奴：管家。

谢生

长洲谢生嗜酒，尝游张幼于先生之门。幼于喜宴会，而家贫不能醉客。一日得美酒招客，童子率斟半杯，谢生苦不足，因出席小遗，纸封土块，招童子密授之，嘱曰："我因脏病[1]发，不能饮，今以数文钱劳汝，求汝浅斟吾酒也。"发封得块，恨甚，故满斟之，谢是日独得倍饮。

1 脏病：指胃病。